KB194578

자유는 공짜가 아니다

엘리트 탈북자 김금혁이 그려내는 희망의 이야기

자유는 공짜가 아니다

김금혁 지음

BOOKERS

시작하며

　내 소개를 할 때 빠트리지 않는 문장이 있다. 바로 "저는 평양에서 온 김금혁입니다"이다. 부산, 광주, 강릉처럼 고향, 즉 출신은 자세한 이야기를 털어놓지 않아도 개인의 정체성을 쉽게 표현할 수 있는 방법 중 하나다. 탈북민이다. 고생했다. 외로웠다. 구구절절 말을 더하지 않아도 '평양에서 온'이라는 문구 속에 나의 삶과 여정이 담겨 있는 것이다.

　김씨 일가에 충성하고 북한 체제를 신봉하는 것이 당연한 곳, 나의 고향 평양은 그런 곳이다. 난 평양에서 엘리트 출신으로 상위 1퍼센트에 속하는 고위급 집안 태생이다. 독자들이 떠올릴 북한의 실상처럼, 밥을 굶고 거리에서 동냥하는 삶은 운 좋게 피할 수 있었다. 남 부러울 것 없는 어린 시절을 보냈고 가족의 사랑 속에 많은 것을 누리며 살았다.

　하지만 유복했던 내게도 단 하나 누릴 수 없는 것이 있었다.

그게 바로 '자유'다. 자유를 갈망하면 매타작을 맞고 총성이 귓가를 스치는 그런 제한된 세상. 난 북한 체제의 부당함, 폭거, 잔인성을 깨닫고, 그 사실을 세상에 알리려다 발각되어 목숨을 걸고 한국으로 넘어왔다.

서울에 떨어진 평양 엘리트 김금혁은 10년 동안 기초생활수급자로 살았다. 가구 하나 없이 텅 빈 방을 마주하고 주저앉던 그날의 좌절을 기억한다. 수많은 어려움과 고통, 외로움이 있었지만, 나는 내가 한국으로 넘어온 것을 단 1초도 후회한 적이 없다. 내가 지불한 값이 클지언정 내 의지대로, 내 선택에 따라 살아갈 수 있는 자유를 얻었기 때문이다.

—진정한 자유란 무엇일까?

철학적으로 접근한다면 지나치게 어려운 질문일 수 있고, 사람마다 각양각색의 답을 내놓을 것이다. 그러나 단순하게 생각하면 너무나도 간단하다. 먹고 싶을 때 먹고, 놀고 싶을 때 놀고, 자고 싶을 때 자고, 가고 싶을 때 가는, 내가 하고 싶은 일을 하고 내가 하고 싶은 말을 할 수 있는 것이다. 내가 공부하고 싶은 것을 공부하고, 자신의 능력 안에서 무언가를 할 수 있는 것, 이것이 자유라고 하면 누구나 떠올릴 수 있는 답일 것이다. 아마 이 책을 읽고 있는 대부분의 이들이 누리고 있을 그것을 위해, 나는 내 모든 것을 내려놓고 떠나와야 했다.

나는 일반적인 북한 사람들보다 훨씬 우월한 환경에서 태어났지만, 북한에서는 그 조건조차 자유가 아니었다. 북한에서 자유란 특정 소수, 즉 김씨 일가에 충성하거나 북한에서 일어나고 있는 모든 비합리적이고 비인간적인 일에 대해 침묵하고 동의했을 때에야 비로소 얻을 수 있는, 부역에 대한 대가 혹은 보상에 지나지 않았다.

사람은 누구나 각자의 삶을 살아간다. 개인마다 주어진 환경이 다를지라도, 그 속에서 자신의 의지대로 움직이며 정해지지 않은 이야기의 다음 페이지들을 자유롭게 만들어나간다. 하지만 북한에선 다르다. 체제라는 미명하에서 강요와 강제에 의해 인권을 유린당하며 살아가게 된다.

참된 자유가 무엇인지 모른 채 살아가는 그들의 삶에서 스스로 개척하고 결정할 수 있는 일들은 아무것도 없다. 국가라는 거대한 감옥 안에서, 감시와 통제의 짓눌림 속에서 하루하루를 견디며 살아가는 이들에게 자유가 무엇인지 돌아볼 틈이 있겠는가.

단지 북한에서 태어났다는 이유만으로 일상의 자유를 강탈당하고, 생명을 착취당하며 평생을 살아야 한다는 것만큼 가혹한 일이 있을까. 태어난 모든 이의 축복은 스스로 주도적인 삶을 계획하고 디자인하며, 목표를 향해 나아갈 수 있다는 것이다. 누구든 그러한 자유를 누려야 할 것이고, 이는 선택이 아닌 당연한 일이 되어야 한다.

평양의 도련님으로 자라온 나 역시 자유는 없었다. 그저 체제에 충성하고 체제가 요구하는 것에 대해 군말 없이 따르는 것이 세상의 전부라고 여기던 철부지였다. 그러던 나는 베이징 유학을 거치며 북한 체제에 대해 의문을 품기 시작했다. 북한에 비해 통제가 심하지 않았던 베이징에서, 태어나 처음으로 자유를 만끽했다. 비로소 누군가에 의해 강제된 생각 대신 나 스스로 모든 것을 다시 볼 수 있는 새로운 눈을 얻은 것이다. 평생을 신봉해온 가치가 무너지고, 이를 부정하는 데 걸린 시간은 100일이 채 되지 않았다.

진정한 자유가 무엇인지 알았을 때, 자유란 혼자만 누리는 것이 아니라 내가 속한 공동체의 모두가 누려야만 비로소 의미가 있다고 믿게 되었다. 나는 평양에 있는 내 가족과 친구, 이 순간에도 고통받고 있는 모두가 자유를 느끼길 바란다. 자유로운 세상을 모두가 공유할 때, 우린 비로소 진정 자유로워질 수 있다. 그러한 세상을 만드는 첫걸음이 북한의 실태와 인권, 자유를 이야기하는 것이라 믿기에 '평양에서 온 김금혁'은 지금 이 순간 서울에서 자유를 말한다. 이제 나는 누구의 눈치도 보지 않고, 두려워하지 않고서도 내가 하고 싶은 말을 할 수 있을 만큼의 자유를 얻었다. 하지만, 이러한 자유는 결코 공짜가 아니었다.

자유를 향했던 호기심은 내게서 자유를 제외한 모든 것을 앗아갔다. 사랑하는 부모님을 빼앗겼고, 함께 뜻을 나누던 친구들도 잃었다. 내가 누리던 모든 것을 두고 떠나야만 했다. 누군가는 이런 나의 결정을 보고 어린 나이의 치기로 여길 수도 있을 것이다. 하지만 나는 그 누구보다 절박했고, 희망에 찼었다. 나는 우리가 세상을 바꿀 수 있고, 바꿔야 한다고 생각한다. 그것이 자유를 누리는 이들의 책임이라 믿기 때문이다. 이 책임에 응당 최선을 다하는 것이 내가 느끼는 자유다. 나는 자유를 찾아서 오랜 시간을 헤맸고, 지금도 여전히 자유를 찾는 여정의 한가운데에 있다.

《자유는 공짜가 아니다》는 나의 북한 탈출기이자 한국 정착기이다. 나를 알고 있는 사람이라면 유튜브 혹은 방송 활동을 통해 알고 있는 내용일 것이다. 하지만 더 많은 사람이 내 이야기에 귀를 기울이고, 북한에 더 많은 관심을 가져주길 바라는 마음에서 집필하게 되었다. 이해하기 편하도록 시간의 흐름대로 나의 유년 시절과 유학, 한국 정착과 결혼에 대해 썼으며, 내가 경험한 한국, 통일에 관한 생각을 담았다. 방송에서 미처 하지 못했던 이야기도 더 구체적으로 넣고자 했다.

나는 이 책을 통해 내가 편안한 환경을 박차고 나와 자유를 찾기 위해 어떤 노력을 했는지를 전하고 싶었다. 또 자유가 얼마나 소중한지, 자유란 모든 걸 바쳐서라도 얻어야 하는 권한임을 많은 사람들에게 알리고 싶었다. 내 곁의 자유를 인지하는 것이 진정 자유를 향한 첫걸음임을 여러분께 말씀드리고 싶다.

　　많은 사람이 북한의 자유와 인권에 대해 조금이나마 관심을 가져주길 바란다. 우리의 관심이야말로 북한을 제재할 수 있는 가장 강력한 수단이 될 수 있다. 사랑의 반대말은 무관심이라고 했다. 관심이 없다면 북한은 세계에서 잊힌 국가가 될 것이다. 그리고 약 2,600만 명의 북한 사람들은 끝없는 고통과 고난 속에서 지내게 될 것이다.

　　과거나 지금이나 내 삶의 중심에는 북한이 있다. 나는 북한이 지금보다 더 나은 세상이 되기를 바란다. 또한 북한 사람들이 현재 내가 느끼고 있는 자유 시민으로서의 삶을 만끽했으면 한다. 나는 앞으로의 도전을 통해, 평양에 두고 온 이들의 몫까지 '자유의 값'을 모두 치르고 싶다. 내가 가고 있는 길이 그들 귓가의 총성을 지워내는 일이라 믿는다. 이 책이 나오기까지 많은 도움을 준 모든 분들에게 깊은 감사의 마음을 전한다.

2025년 5월

김금혁

시작하며____4

1장 │ 나는 북한의 상위 1퍼센트 특권층이었다

우리 가족은 모두 조선노동당원 ____16
당에 대한 충성이 당연했던 사람 ____22
애국심과 충성심은 다르다 ____28
4주간의 농촌 동원, 그리고 측은지심 ____34
유학생으로 선발되다 ____41

2장 │ 진실을 마주하다

생애 첫 맥도날드 ____52
같이 밥 먹을래요? ____58
모든 것이 거짓이었다 ____64
조선 사람이 아닌 한국 사람입니다 ____72
독서회를 결성하다 ____78
비로소 깨닫게 된 것들 ____83
아버지와의 갈등 ____92
김정일이 죽다, 탈북을 시도하다 ____99
드디어 도착한 인천공항 ____105

3장 | 한국인으로 살아남기

하나원, 궁지에 몰리다 _____ **114**
재활용센터에서 찾은 희망 _____ **120**
태어나서 처음 해보는 일 _____ **126**
돈인가, 자존심인가 _____ **131**
고려대학교 정치외교학과에 입학하다 _____ **137**
소속감과 유대감 _____ **142**
느닷없이 찾아온 공황장애 _____ **146**
축복받은 인생 _____ **152**

4장 | 운명이 빚어낸 새로운 인생

인권은 정치 이슈가 아니다 _____ **158**
작은 관심은 작은 변화밖에 가져오지 못한다 _____ **163**
이제 만나러 갑니다 _____ **170**
평양 남자, 서울 여자를 만나다 _____ **178**
고맙고 든든한 가족 _____ **184**
언제나 예상을 빗나가는 여자 _____ **192**
청년들아, 낭만의 시대로 돌아가자 _____ **199**
풍족하지는 않았지만 풍요로웠다 _____ **204**

5장 | 다시 꾸는 꿈, 통일을 위한 여정

새로운 챕터를 준비해야 할 때____212
북한의 체제는 무너질 것인가____218
북한의 인권 문제, 해결이 우선이다____226
사선을 넘어온 이들____234
통일을 생각하다____243
내가 해야 할 일, 내가 가야 할 길____252

마치며____260

1장

나는 북한의
상위 1퍼센트 특권층이었다

우리 가족은 모두
조선노동당원

　나의 증조할아버지는 김일성과 함께 빨치산 투쟁을 했던 조
국광복회祖國光復會 회원이었다. 직접 무기를 들고 싸웠던 것은 아니
고 국내에서 활동한 지하 공작원이었다고 알고 있다. 증조할아버
지는 할아버지가 일곱 살 즈음 일제 경찰에 잡혀서 돌아가셨지만,
해방 후 김일성이 한반도의 이북 지역을 차지하면서 개국공신 대
접을 할아버지가 받을 수 있었다.

　할아버지는 개국에 공적을 이룬 사람들의 자녀들만 보내는
만경대혁명학원에 입학했다. 다른 엘리트 학교는 똑똑해야 들어
갈 수 있지만, 만경대혁명학원은 사실상 특권층 자제 전용 학교로
머리가 좋고 나쁘고와 상관없이 부모가 조국을 위해 희생했을 때
만 들어갈 수 있는 곳이다. 개교 목적부터 일반 학교와 판이한 만
경대혁명학원 출신의 입지는 북한에서 노른자 중의 노른자라고
할 수 있다.

만경대혁명학원에서 배우고 성장한 할아버지는 이후 북한 최고의 군 간부 양성기관인 김일성군사정치대학에서 교편을 잡았고, 대학에서 강좌장을 지내셨다. 그리고 일명 중앙당이라고 불리는 조선노동당 중앙급 기관에서 일을 하시다 말년에는 본인이 다녔던 만경대혁명학원 당 책임비서로 임명되어 은퇴하기 전까지 만경대혁명학원을 관리하셨다. 할아버지는 북한의 핵심 실세를 키워내는 교육기관에서 평생을 교육자로 지내신 것이다.

증조할아버지와 할아버지의 덕을 톡톡히 본 우리 집안은 북한의 최상위 권력층 1퍼센트에 속하는 상류층이었다. 배경이 좋다 보니 아버지뿐만 아니라 고모들도 결혼을 잘했다. 큰고모는 국가보위부 간부에게 시집을 갔고, 작은고모는 검사와 결혼했다. 작은고모부는 평양시 검찰소 부소장의 직위까지 올랐고, 김일성종합대학 출신인 막내 삼촌은 러시아에서 6년 유학 후 북한의 최대 보도기관이자 국영 통신사인 조선중앙통신에서 외신 담당 기자로 일했다. 아마도 러시아 담당이었을 것이다.

우리 가족은 모두 조선노동당원이었다. 북한에서 조선노동당원은 엘리트로서 살 수 있는 가장 기초적인 자격 요건을 의미한다. 조선노동당원이 된다고 해서 모든 것이 해결되지는 않지만, 당원증이 없으면 해결되는 것도 없다. 러시아-우크라이나 전쟁에 파병된 북한군 병사의 유품에서 '전쟁에서 이기고 돌아가면 조선노동당에 입당하겠다'는 쪽지가 발견되었을 정도로 북한에서는 조선노동당원이 되어야만 약간의 인간 대접을 받을 수 있다. 누구나 쉽게 입당할 수 있는 것도 아니다 보니 목숨을 바쳐서라도 입당하 겠다는 의지를 보인 것이다. 조선노동당원이 된다는 것은 사회의 신분을 결정하는 가장 첫 번째 단계이며, 그걸 통과하지 못하면 신분 상승은 물 건너갔다고 보면 된다. 우리 가족은 모두 조선노 동당원이었고, 그에 더해 각자의 사회적 지위와 권력이 더해져 무 엇 하나 아쉬울 것 없는 환경에서 지냈다.

엘리트 집안이었던 우리 가족 중에서 아버지는 유일한 반항 아였다. 어릴 때 공부를 하지 않아 할아버지에게 많이 혼이 났었 다고 한다. 아버지는 대학에 가는 대신 군인이 되고 싶다며 북한 의 육사인 강건종합군관학교에 입학했고 군 생활 끝에 대위로 전 역했다. 군대에서 깨달은 바가 있었는지 전역 후 늦게나마 장철구 평양상업대학 조리과에 입학하여 요리를 배웠고, 같은 대학에서 어머니를 만났다. 어머니도 군인 출신으로 의무 복무 기간 7년을 마친 후 대학에 들어갔고, 두 분은 대학교에서 학생들의 조직생활 을 책임지는 간부였다고 한다.

뼛속까지 교육자셨던 할아버지는 큰아들이 요리사인 것을 항 상 탐탁지 않게 생각하셨다. 하지만 뚝심이 있던 아버지는 자신만 의 길을 걸었으며, 집안의 도움을 일절 받지 않고 스스로 독립하 겠다고 선언했다. 오랫동안 당에 충성했던 할아버지는 만경대의 김일성 생가 근처 50여 평 되는 집에 사셨고, 결혼을 잘했던 고모들도 대동강 변에 집을 두세 채씩 가지고 있었지만, 아버지는 할아버지가 사준다는 집도 거절한 채 어머니와 단칸방에서 시작하셨다. 아버지는 바쁘기도 하셨지만, 성공하기 전까지 할아버지 댁에 가는 것을 꺼렸던 것으로 기억한다.

아버지는 요리를 단순히 좋아한 것이 아니었다. 북한에서 최고가 되겠다고 다짐한 아버지는 하루에 14~15시간씩 일하는 워커홀릭으로 집에도 잘 들어오지 않을 만큼 요리에 진심이었다. 아버지는 30대 중반에 북한의 최고급 호텔인 고려호텔 총주방장이 되었다. 고려호텔은 평양의 가장 유서 깊은 호텔로, 이곳의 총주방장이 되었다는 것은 그만큼 실력을 인정받았다는 의미다. 젊은 나이에 이룬 최고의 결실이었다.

어머니도 아버지와 별반 다르지 않았다. 어머니는 당시 북한의 프로농구단 급식 영양사로 일하셨다. 여느 농구단이 그렇듯 경기를 위해 이곳저곳 옮겨 다녔기 때문에 집을 비우는 일이 잦았다. 맞벌이로 바쁜 아버지 어머니 때문이기도 하지만, 나는 유년 시절을 할아버지와 함께 지냈다. 할아버지는 내가 어릴 때 아이가 총명한 듯하니 당신께서 키우시겠다며 나를 데리고 가셨다. 그 때문에 나는 할아버지의 영향을 많이 받고 자랐다.

1991년생인 나는 어린 시절 '고난의 행군' 시기를 겪었다. 고난의 행군이란 1995~2000년까지 5년간 북한에서 최소 50만 명에서 최대 350만 명 정도가 굶어 죽었다고 추산되는, 한반도 역사상 최고의 대기근이자 비극으로 평가되는 사건으로, 북한의 체제가 흔들릴 정도로 혼돈의 시간을 보낸 시기를 말한다. 고난의 행군 때는 돈이 있어도 쌀을 살 수 없었다. 돈 많은 사람은 돈 없는 사람보다 조금 더 늦게 죽을 뿐이라는 자조 섞인 말이 돌 정도로 처참한 시절을 보냈다. 하지만 우리 집은 요식업에 종사했던 아버지와 어머니 덕분에 고난의 행군 시기를 용케 비껴갔고, 풍족하지는 않았지만 굶지도 않았다. 아버지의 고집과 뚝심 때문에 단칸방에서 살았던 시기가 바로 이때였다. 당시 나는 예닐곱 살 정도로 어렸으니 그때의 주변 상황을 정확히 기억하지는 못한다. 내가 알고 있는 고난의 행군 시기는 모두 책에서 보고 얻은 것으로, 실질적으로 경험했던 적은 없다.

고난의 행군이 몇 년간 지속되면서 북한이라는 작은 땅에서는 아무리 노력해봐야 큰돈을 벌기 어렵다는 각성을 하는 사람들이 생겨났다. 다른 사람보다 빨리 머리가 트인 사람들은 해외로 눈을 돌리기 시작했고, 해외 개척 초창기 아이템으로 선정된 것이 레스토랑이었다. 지금도 해외에 나가면 인공기가 꽂힌 북한 레스토랑을 볼 수 있는데, 그 시작이 1990년대 말이었다. 당시 해외에서 일한 사람들이 북한의 1세대 외화벌이 일꾼들로 아버지와 죽마고우인 해당화관의 류재관 사장도 1세대 외화벌이 일꾼 중 한 명이었다. 현재도 평양 해당화관은 북한 상류층이 찾는 소비 성지로 불리는 고급 쇼핑몰로 특권층 전용의 호화 위락 시설이다.

1999년, 류재관 사장은 고려호텔에서 일하며 나름대로 성공 가도를 달리고 있는 아버지에게 중국에서 사업을 하자며 설득했다. 해외 판로 개척의 필요성을 느꼈던 아버지도 과감하게 호텔을 그만두고 중국으로 떠나셨다. 코끝이 얼어붙을 것처럼 추운 어느 겨울날, 국제 열차를 타고 떠나는 아버지를 배웅했던 기억이 아직도 생생하다.

아버지는 사업 초기인 3년간 철저하게 실패했다. 시장에 대한 조사가 부족한 탓이었다. 결국 3년 만인 2002년 말 레스토랑을 철수했다가 재정비를 해서 2003년 초 다시 중국으로 나가셨다. 그후 아버지는 사업에 실패한 적이 없었다. 아버지는 사업 수완이 뛰어나신 분이었다. 2006년쯤 아버지는 류재관 사장과 결별하고, 독자적으로 본인만의 사업을 시작했다. 내몽고의 금강국제호텔이 아버지의 소유였고, 베이징에서 은반관이라는 레스토랑을 운영하였으며, 북한 내에서도 대동강에 유람선을 두 척이나 띄우고 그 안에서 고급 레스토랑을 운영하셨으니 사업적인 면에서는 아주 크게 성공한 기업가라 할 수 있었다.

나는 태어나보니 북한의 최상위층 1퍼센트에 속하는 상류층이었고, 남 부러울 것 없는 평양의 금수저였다. 어딜 가든 고개를 숙일 필요가 없었다.

당에 대한 충성이
당연했던 사람

북한에는 권력형 엘리트와 자본형 엘리트가 있다. 권력형 엘리트는 노동당이나 국가보위부 등 통제 권한을 가진 기관에 속해 있는 경우고, 자본형 엘리트는 해외에서 사업을 하며 외화를 버는 사람을 말한다.

한때 권력형 엘리트가 급격히 쇠퇴한 시기가 있었다. 고난의 행군 시기에는 누구라고 할 것도 없이 힘들었기 때문에 권력가 중에서도 굶어 죽는 사람이 속출했었다. 또한 배급제가 한순간에 무너지며 국가기관에 대한 사람들의 신뢰도가 사라졌고 자연스럽게 권력형 엘리트들의 위상 역시 쇠락했다고 볼 수 있다. 반면, 이때 눈을 뜬 사람들이 해외 판로를 뚫어 외화벌이를 시작하면서 자본형 엘리트로 자리를 굳히기 시작했고, 권력형 엘리트와 힘을 겨룰 정도로 성장했다.

2000년을 전후해 북한에서는 외형적으로나 문화적으로도 많은 변화가 일어났다. 중국에서 상류층 삶을 경험해본 자본형 엘리트 때문이었다. 북한에서는 접할 수 없는 문화를 체험한 이들이 그들의 경험을 북한으로 가져왔고, 이로 인해 이전까지는 북한에 없었던 고급 어종의 회나 초밥, 꽃등심 등이 생겨나면서 음식 문화가 바뀌고, 새로운 수요가 생겨나기 시작했다.

자본형 엘리트들이 북한 경제를 좌우하게 되면서 권력형 엘리트와 갈등이 불거지기 시작했다. 이해를 돕기 위해 북한의 교사를 예로 들자면 그들의 당시 평균 월급은 2003년 기준 5,000원 정도였다. 쌀 1kg이 대략 3,000원. 쌀 1.5kg을 사고 나면 끝이다. 월급만으로는 먹고살 수가 없다. 교사가 생계를 유지하기 위해서는 돈 있는 학부모로부터 뒷돈을 받아 챙길 수밖에 없다. 돈 많은 집안의 학생을 몇 명이나 가르치느냐에 따라사 교사의 수입과 재산이 달라진다.

권력형 엘리트라고 해도 학교 선생과 크게 다르지 않아 하루 8시간 이상 일해도 나라에서 받는 월급은 1만 원이 채 되지 않는다. 월급으로 한 달 동안 먹을 쌀을 사는 것도 빠듯하다 보니 이들이 할 수 있는 일은 자본형 엘리트들을 법으로 규제하고 그들의 경영 활동을 구속해 뇌물을 받아 사회적 지위를 유지하는 수밖에 없었다. 그러다 보니 권력형 엘리트와 자본형 엘리트 사이에는 항상 팽팽한 긴장감이 돌았다.

할아버지는 북한의 조선노동당 중앙당 간부이자 실세를 길러

낸 스승이었으며, 아버지는 베이징과 평양을 자유롭게 오가는 사업가이다 보니 우리 집안은 북한에서 어느 한쪽으로 치우침 없이 권력과 자본을 모두 거머쥔 특별한 집안이었다.

할아버지는 고학력자로 아카데믹한 엘리트이다 보니 큰아들이 요리사인 것이 늘 불만이셨다. 할아버지는 자녀들이 사업가가 아닌 권력형 관료가 되길 원하셨다. 사업에 성공한 아버지가 할아버지에게 경제적으로 많은 뒷받침을 했지만, 할아버지에게는 항상 풀리지 않는 염원이 남아 있었다. 그 소망은 고스란히 내게로 넘어왔고, 할아버지는 항상 내게 공부를 열심히 해야 한다, 외교관이 되어야 한다고 설교하셨다. 부모님 역시 외교관이 싫지 않았는지 나를 외국어 전문 고등학교에 보내고 싶어 했고, 소학교 시절부터 내게 선행 학습을 시켰다. 나는 소학교(초등학교) 2학년 때 이미 4학년 과정을 다 끝냈고, 소학교에서 1등을 놓쳐본 적이 없었다. 나 역시 어릴 때부터 귀에 못이 박히도록 외교관 이야기를 듣다 보니 자연스럽게 그 영향을 받았고, 다행히 외국어를 공부하면서 국제 관계에도 흥미가 있었다.

한국이 그렇듯 북한도 입시 경쟁이 치열하다. 공부를 알아서 하는 편은 아니었지만, 할아버지와 부모님의 교육열 덕분에 나는 꼼짝없이 공부에 매진해야 했다. 북한은 도마다 외국어학원(외국어고등학교)이 하나씩 있고, 평양에는 두 곳이 있다. 당시 북한의 교육체계는 소학교(4년제)를 거쳐 무시험으로 고등중학교(6년제/3년 중등반, 3년 고등반)에 자동 진학한다. 하지만 외국어 교육 목적의 특수교육기관인 평양외국어학원에 입학하기 위해서는 입학 시험을 치러야 한다. 그러다 보니 소학교 시절 나의 목표는 항상 평양외국어학원이었다. 평양외국어학원은 북한 최고의 어학 인재 양성기관으로 외교관을 키워내는 곳으로 유명하며, 입시 경쟁률이 상당히 치열한 곳이다. 2016년 한국으로 망명한 태영호 전 국회의원이나 북한의 전직 외교관으로 2023년 망명한 리일규 참사가 이 학교 출신이다. 아무리 돈이 많아도, 공부를 열심히 해도 들어가기 쉽지 않은 곳이 평양외국어학원이라고 보면 된다. 이곳에 입학한 나는 처음으로 영어를 배웠고, 2009년 평양외국어학원을 졸업한 후에는 김일성종합대학 외국어문학부 영어영문학과에 입학했다.

김일성종합대학에 입학했을 때의 자부심이란 이루 다 말할 수 없을 정도다. 북한 최고의 학교라는 명성에 걸맞게 엄청난 양의 공부를 필요로 했고 경쟁 또한 매우 치열했다. 나도 하루에 네 시간으로 잠을 줄여가면서 공부해 들어간 곳이었다. 북한 정권을 움직이는 핵심 관료들 70퍼센트가 김일성종합대학 출신으로 김정일과 김정은도 김일성종합대학에 다녔다. 그래서 김일성종합대학의 학생들은 대학교가 아닌, 교육성에서 직접 관리하며 졸업 후의 진로까지도 모두 정해진다. 타 대학 학생들과는 출발선부터 다른 것이다.

당시 내가 들어간 학부는 영어영문학과 국제관계학을 동시에 전공하는, 새로 개설된 특설반이었다. 다시 말해 대학을 졸업하고 나면 북한의 외무성에 들어가서 곧바로 외교관 타이틀을 달 수 있는 코스였다. 즉, 20대의 젊은 나이에 외교관이 될 수 있는 길이 열린 것이었다.

나는 태어나면서 가진 것을 최대한 활용했고, 여러 기회를 한꺼번에 누렸다. 내가 잘났다기보다 그런 환경에서 태어났기에 가능한 일이었다. 평양외국어학원도, 김일성종합대학도 일단 부모가 돈이 있어야 입학이 가능하다. 집안도 좋아야 한다. 재력이 받쳐주는 좋은 집안의 학생들만 모인 곳이다 보니 그 무리가 자연스럽게 내 영역이 되었고, 다른 삶을 경험해볼 기회가 없었다.

북한에서는 여행이 엄격하게 제한되어 있다. 나는 묘향산이나 금강산, 칠보산 등 몇몇 관광지를 여행하는 특혜를 누리긴 했지만, 일반 서민의 삶을 들여다볼 기회는 없었다. 평양이라고 해서 모든 사람이 다 잘사는 것은 아니다. 서울도 그러하듯, 평양도 잘사는 사람이 모여 사는 곳과 일반 서민이 모여 사는 지역이 대체적으로 구분된다. 특권층이었던 나는 일반 평양 시민들의 삶으로 들어가본 적이 없다. 들어갈 이유도 없었다.

한마디로 평양의 특권층들은 끼리끼리 모여 그들만의 세상에서 산다. 그들만의 세상에서 그들만의 정보를 공유하고, 그들에게 만 주어지는 신분 상승 사다리를 가지고 있다. 극소수의 사람들 에게만 허용되는 그 사다리는 결코 다른 평범한 사람들에게는 다 가갈 수도, 쳐다볼 수도 없다. 보통의 시각에서 봤을 때는 불합리 하다고 생각하겠지만, 그 안에서 기회를 얻고 혜택을 누리고 사는 사람들에게 그 모든 것은 당연하다. 다른 사람이 기회를 얻지 못 하는 것에 대해서 크게 문제의식을 느끼지 못한다. 절대다수의 사 람은 신분 상승을 꿈꾸지도 않는다. 북한이라는 사회가 그렇게 사 람들을 세뇌해놓았기 때문이다. 많은 이들이 북한의 기형적인 체 제가 무너지지 않는 것을 의아하게 생각하지만, 그 안에는 이를 포함한 다양한 이유가 존재한다.

나는 북한 정권에 당연히 충성해야 하는 사람이었다. 북한 정 권에 반대할 그 어떤 이유도 없었다. 대학을 졸업하고, 정해진 길 을 가다 보면 나도 언젠가 할아버지와 아버지의 뒤를 이어 북한 정부에서 한자리 차지할 수 있을 위치였고, 요직을 차지했다면 권 력과 돈은 당연히 뒤따랐을 것이다. 무엇 하나 아쉬울 것 없는 위 치였고, 인생의 꽃길만 걸으면 되는 나날들이었다. 나는 항상 누구 보다 당에 충성하는 맨 앞자리에 있는 사람이었다.

애국심과
충성심은
다르다

　　나는 북한 정권에 충성스러운 사람이었다. 소학교 때는 북한의 만 7~13세 어린이들이 의무적으로 가입해야 하는 소년단의 위원장으로 매일 아침 6시에 등교해서 김일성과 김정일 초상화와 동상에 쌓인 먼지를 쓸고 닦았으며, 7시 반이 되면 동상을 향해 학생들이 인사를 하는지 안 하는지를 확인하는 감시자였다. 그런 나 자신이 자랑스럽고 뿌듯했다. 그러나 영원할 것만 같았던 충성심도 결국 새로운 세상에 대한 호기심을 이길 순 없었다.

　　북한 체제에 대한 의문이 싹 트기 시작한 것은 한국 드라마와 외국 영화를 보면서부터였다. 한류 붐이 일면서 중국으로 한류 DVD가 대량 들어왔는데, 중국에서 사업을 하던 아버지는 아들이 한국 콘텐츠를 좋아한다는 것을 알기에 간간이 몰래 집으로 DVD를 가지고 오셨다. 어렸기에 드라마를 보면서도 무엇이 잘못되었는지는 잘 몰랐지만, 교육을 받은 것과는 상당히 다르다는 괴리감을 어렴풋하게나마 느낄 수 있었다.

내가 외부 콘텐츠를 처음 접한 것은 1999년, 여덟 살 때로 기억한다. 처음 본 DVD는 영화 〈007〉 시리즈였고, 한국 콘텐츠는 〈은행나무 침대〉(1996)라는 영화였다. 너무 어릴 때라 내용은 기억나지 않지만, 아름다운 화면에 마음을 빼앗겼었다. 평양외국어학원 입시 준비를 하면서는 〈겨울연가〉(2002)를 봤고, 〈다모〉(2003)와 같은 사극을 봤던 기억도 난다. 〈대장금〉(2003)은 특히 어머니가 좋아하던 드라마로 어머니가 직접 내게 〈대장금〉을 보라고 권할 정도였다.

북한의 장마당 세대가 그렇듯 나도 한국 드라마와 영화를 정말 많이 보면서 자랐다. 장마당 세대란 1990년 이후 출생한 세대로, 북한의 MZ세대다. 북한의 기아 위기가 최고조에 달했던 '고난의 행군'을 겪으면서 국가의 배급망이 아닌 민영시장인 '장마당'을 통해 성장한 세대라고 해서 붙여진 이름이다. 당국에서는 장마당 세대들이 한류를 즐기는 것을 철저하게 막고자 하지만, 북한 사람들은 암암리에 한국 드라마를 찾아서 본다. 특히 송승헌과 송혜교, 원빈 주연의 드라마 〈가을동화〉(2000)는 북한 사람 열 명 중 아홉 명은 봤을 정도의 국민 드라마로 북한에서 큰 인기를 끌었다.

내가 〈가을동화〉를 본 것은 10대였다. 당시 드라마를 본 나는 알 수 없는 감정에 휩싸였다. 내 인생 처음으로 북한 당국의 지시 사항에 의문을 갖게 된 바로 그 순간의 복합적 감정이었다. 북한 교과서는 한국에 관한 내용이 완전히 오염되어 있다. 한국은 썩고 병든 자본주의 사회이며, 거지가 득실거리고, 학교 등록금을 내기 위해 자기 눈을 판다는 식의 내용으로 점철되어 있다. 또 한국 영화나 드라마는 퇴폐적이고, 낙후되었으며, 반동이라는 교육을 지속적으로 한다.

내가 본 〈가을동화〉는 그저 남녀 간의 아름다운 러브스토리였다. 드라마를 다 보고 난 뒤 나는 이토록 가슴 절절한 러브스토리를 왜 반동적 사상, 썩어빠진 문화라고 하며 통제하는지 도무지 이해되지 않았다. 드라마를 보는 시간은 행복했다. 엉엉 울기도, 웃기도 하며 태어나 처음으로 자신의 감정을 오롯이 드러낼 수 있었고 통제와 공포에 의해 나의 내면 아래 깊숙이 억눌려 있던 또 다른 자아, 자유를 갈망하고 해방을 꿈꾸는 반혁명적 자아가 탄생하는 순간이었다.

또 한 가지 놀라운 점이 있었다. 한국 드라마에서 서민을 연기하는 배우들이 삼겹살과 라면을 아무렇지도 않게 먹고 있었다. 당시만 해도 북한에서 삼겹살, 라면은 고위층만 먹는 고급 음식으로 일반인들은 꿈도 꾸지 못하는 메뉴였다. 그런데 한국에서는 돈 없는 대학생이 편의점에서 때우는 게 라면이었다. 드라마 속에서 비치는 한국은 평소 받았던 교육과 전혀 다른, 발전된 나라였고 화려했다. 그것을 보며 우리가 인지하지 못하는 사이에 국력 차이가 이렇게나 벌어졌구나, 당국이 우리를 철저하게 속이고 있는 것은 아닐까 하는 생각을 자주 하곤 했다.

나는 한국 콘텐츠 때문에 보위부에 끌려간 적도 있다. 평양 외국어학원에 다닐 때였는데, 친구 생일 선물로 MP3에 한국 노래 몇 곡을 담아줬다가 그 친구가 보위부에 걸리는 바람에 나까지 들킨 것이다. 밤 11시쯤, 보위부가 갑자기 집으로 들이닥쳐 하드디스크와 CD 등을 몽땅 압수하고, 자다 깬 나를 끌고 갔다. 보위부에서 신문하며 "친구는 '누구에게 받았냐'는 질문이 채 끝나기도 전에 네 이름을 대더라"며 어디에서 노래를 구했냐며 출처를 대라고 윽박질렀다. 첫날은 아예 잠을 재우지 않았고, 다음날부터는 구타를 심하게 당했다. 살면서 당할 수 있는 폭력은 그때 다 당했었다.

나에게 그 노래를 전달해준 사람은 다름 아닌 아버지였기에 나는 맞으면서도 이름을 댈 수 없었다. 어린 나이였음에도, 해외 출장을 자주 다니시는 아버지가 이 일에 연루되면 우리 집안의 출세는 여기서 끝이라는 것쯤은 짐작할 수 있었고, 따라서 아버지를 끌어들일 수 없다는 생각이 강했다. 이름을 말하지 않고 버텼더니 폭력의 강도는 더 높아졌다. 출처도 출처지만, 당시 보위부에 끌려가면 퇴학당하는 것이 일반적이라 외교관을 꿈꾸던 나로서는 상당히 큰일이 아닐 수 없었다. 다행히 평양시 검찰소 검사를 고모부로 둔 덕분에 권력의 힘으로 사흘 만에 풀려날 수 있었고, 더는 걸리지 않기 위해 더욱 조심해야만 했다.

북한 체제에 의심을 가졌던 계기는 또 있다. 할아버지 집의 한쪽 벽면은 책으로 가득 채워져 있었다. 대부분 국제 정세와 관련된 책이었는데, 그것을 읽으면서 조금씩 내 시야도 넓어졌다. 2006년쯤, 할아버지 집에서 한국 100대 대기업에 관한 서류 파일을 본 적이 있다. 그다지 두껍지 않은 서류철의 가장 맨 윗줄에 자리 잡고 있던 삼성의 연 매출이 북한의 경제 규모를 사뿐히 뛰어넘는 수준이었다. 그것을 보며 하나의 기업이 어떻게 북한의 전체 경제 규모보다 클 수 있는지 이해가 되지 않았다. 고작 10대였던 나는 삼성이 대한민국 GDP의 약 20퍼센트를 차지할 정도로 큰 기업이라는 것을 알지 못했다.

당시 삼성의 직원 수는 30만 명이 넘었고, 직원들의 평균 연봉이 4~5천만 원이었다. 4천만 원, 노동자가 1년에 4만 달러를 번다는 것은 내가 생각하기에 말이 되지 않는 숫자였다. 북한에서 정말 잘사는 사람도 1년에 4만 달러를 벌기 쉽지 않았기 때문이다. 그렇게 나의 내면에는 북한의 주입식 교육에 대한 불신과 두려움이 조금씩 조금씩 쌓여갔다.

외부에서 보기엔 북한 사람들이 세뇌되어 아무 생각 없이 일률적으로 움직이는 것처럼 보일 수 있다. 하지만 그 안에서도 나름대로 고민이 있다. 특히 북한 당국이 사회를 철저히 통제함에도 불구하고 수단과 방법을 가리지 않고 외부 문물을 접해본 사람들이나 한류 영향을 많이 받은 학생, 청년들은 이전 세대와 크게 다르다. 드러내놓고 말은 하지 않아도 북한 체제나 사회, 북한 교육이 잘못됐다는 것은 인지하고 있다.

　나 역시 어렸지만, 한류의 영향과 해외 문물에 대한 간접적 경험을 통해 조금씩 눈을 떴던 것이다. 그렇다고 한류와 드라마가 북한 당국에 대한 나의 맹목적 충성심에 결정적인 영향을 미쳤다고 보긴 어렵다. 의문은 들었지만 질문을 던질 만큼의 용기는 당연히 없었고, 용기 있던 다른 이들이 어떤 결말을 맞았는지에 대해 알고 있었기에 나의 입은 늘 봉인되어 있었다. 연예인 이름을 줄줄 외울 정도로 한국 콘텐츠를 좋아했지만, 그것은 어디까지나 문화이자 엔터테인먼트적인 요소였기 때문에 보면서 즐기고 웃고 감동하면 그걸로 끝이었다. 그것 너머에 존재했던 북한 체제에 대한 본질적 탐구는 아직 시작되지 않았다.

4주간의
농촌 동원,
그리고 측은지심

북한에서는 고등중학교에 들어가면 5~6학년은 연간 4주를 농번기에 농촌이나 건설 현장에 가서 의무적으로 일해야 하는 제도가 있다. 이 제도는 평양의 상위 고등중학교에는 해당하지 않지만, 상류층 자제들을 대상으로 농촌 동원을 보내기도 한다. 공부만 하다 보면 좀이 쑤실 테니 농촌에서 농민들의 삶도 경험해보라는 좋은 취지다.

나는 열여섯 살 때 4주가량 농촌 동원에 모집되었던 적이 있다. 당시 체험했던 농촌 동원을 통해 나는 평양 중심부가 아닌 곳에서 사는 평범한 사람들의 삶을 경험할 수 있었고, 부와 권력에 따른 불평등이 얼마나 심각한지 처음으로 느낄 수 있었다.

내가 갔던 곳은 양홍리陽興里라는, 아주 시골도 아닌 평양 외곽 지역이었다. 끝없이 펼쳐진 논과 밭, 기와집이 있었다. 상수도가 있었지만 작동하지 않았고, 전기가 들어오긴 했지만 하루 2시간이 전부였다. 장작과 석탄으로 불을 땠고 밥을 지었다. 주민들은 우물가 펌프에서 물을 길어다 썼고, 우리도 4주 내내 펌프질을 해서 물을 길어다 써야 했다. 여름이었으니 망정이지 겨울이었으면 아마 얼어 죽었을지도 모른다. 나는 전혀 근대화되어 있지 않은 마을 모습을 보면서 충격을 받았다.

더 충격적이었던 것은 우리가 묵었던 가정집에서 차려주는 밥상이었다. 농촌 동원 자체가 농촌 체험이라는 성격이 강했고, 마을에 많은 인원이 한꺼번에 들어갈 시설도 없어 우리는 2인 1조가 되어 학교에서 배당해준 가정에서 지냈다. 내가 묵었던 곳의 집주인은 시내에서 귀한 도련님들이 왔으니 맛있는 것을 해주겠다며 귀한 달걀프라이를 내놓았다. 달걀프라이는 그들이 진수성찬이라고 부르는 귀한 반찬이었다. 달걀은 우리 집에서는 아무 때나 먹을 수 있는 재료였다. 그런 달걀을 애지중지하는 것을 보며 어린 마음에 구체적으로 콕 집어 뭐라고 할 수는 없지만, 이 사회가 뭔가 잘못되었다는 것을 느낄 수 있었다.

나중에 알게 된 사실이지만, 북한에 있는 달걀 공장은 대량 생산을 하지 못해 전체 수요를 감당하지 못한다. 그래서 평양에서도 극소수의 사람들만이 달걀을 사서 먹을 수 있고, 대부분의 사람들은 직접 닭을 키워 달걀을 먹는다. 만약 4인 가구가 닭 한 마리를 키워 하루에 1개의 달걀을 얻는다면, 이것은 가장인 아버지의 것이 되고 나머지 가족은 달걀 구경조차 하기 어렵다. 그것도 어디까지나 닭을 키울 형편이 되는 사람의 경우고 대부분의 사람들은 한 달에 한두 번 먹을까 말까 한 것이 달걀프라이였다. 평양 근처도 그러니 시골은 오죽하겠는가.

그 가정집에 머물며 나는 일주일에 두세 번 정도 흰쌀밥을 먹을 수 있었다. 대부분의 끼니는 잡곡이나 삶은 옥수수를 섞은 밥을 먹었다. 그 밖에도 쌀과 밀가루를 4:6 정도로 섞어 죽도 밥도 아닌, 밀가루떡 같은 것을 만들어 먹는다. 밀가루도 그나마 좀 사는 사람들이 먹는 것이고, 대부분은 옥수수를 섞어 먹는다. 그래서 탈북민들이 제일 싫어하는 게 잡곡밥이다. 북한에서 고생할 때 옥수수를 지겹게 먹었는데, 한국까지 와서 살을 뺀다고 잡곡을 먹어야겠냐는 말을 웃으면서 한다. 그 웃음 속에는 이런 아픔이 있다.

북한에서 흰쌀밥을 먹을 수 있다는 것은 특권이다. 삼시 세끼 고기 반찬을 먹는다는 건 일반 북한 사람으로서는 상상조차 할 수 없는 일이다. 나는 고기가 없으면 밥을 안 먹는 사람이었다. 주인 아주머니가 직접 만든 오이무침 같은 채소와 김치가 주된 반찬으로 나오는데 집안 살림을 뻔히 알면서 "왜 고기가 없어요?"라고 할 수도 없는 노릇인 데다 밥을 남길 수도 없었다. 아무리 어려도 그런 말을 하면 상처가 된다는 것쯤은 알 나이였다. 친구 중 철없는 아이들이 반찬이 맛없다며 투덜대기도 했다.

나는 농촌 동원이 불편하고 거부감이 들었다. 그 불편함은 풍족하지 못했던 식사와 편리하지 않았던 잠자리 때문이 아니었다. 나에게는 일상이었던 풍족한 식사와 산해진미가 이들에게는 꿈도 꿀 수 없는 다른 세계의 삶이라는 사실, 나와 그들 사이에 존재하는 보이지 않는 장벽은 온전히 서로의 신분 차이에서 발생하고 있다는 사실이 나를 번잡한 생각에 빠지게 만들었다.

주인집 아주머니는 항상 웃는 얼굴에 멋쩍은 표정을 지으며 밥상을 차려주셨다. 귀한 집 자식들이 괜히 고생한다며, 그래도 장하다고 칭찬을 해주셨는데 그 칭찬을 들을 때마다 나의 가슴속에는 왠지 모를 슬픔이 느껴졌고 이내 먹먹해져 서둘러 숟가락을 들고 밥그릇에 얼굴을 파묻곤 했다. 나중에는 달걀프라이가 먹기 싫다고 거짓말을 하며 내 앞에 놓여진 반찬들을 모두 남기기도 했다. 그것이 내가 할 수 있는 최선이었다.

그 집에는 아들 두 명이 있었다. 한국도 과거에 그랬던 것처럼 북한도 학교가 부족해 오전반 오후반으로 나누어 수업한다. 동생은 오전반인 형을 기다렸다가 신발을 빌려서 신고 갔다. 사이즈가 커서 헐렁한데도 굳이 그 신발을 찾았다. "너는 신발 없냐?"고 묻자 그 친구는 조용히 자신의 신발을 가져왔는데 낡아도 그렇게 낡을 수가 없었다. 창피해서 학교에 신고 갈 수가 없었던 것이다. 그나마 형의 운동화는 깨끗했다. 형의 신발을 신고 문을 나서는 동생의 뒷모습을 보며 나는 고개를 푹 숙였다. 신을 신발이 없어 형을 애타게 기다리는 동생은 얼마나 속이 상했을까. 그럼에도 무덤덤한 표정으로 현실을 받아들이는 그 앳된 얼굴을 보며 나는 형언하기 힘든 감정을 느꼈다. 쏟아지는 빗줄기 사이로 사라지는 그 어린 친구에게 내 우산을 손에 들려주고 돌아서며 나는 참아왔던 눈물을 쏟아내고야 말았다. 쌓여왔던 이유 모를 슬픔이 나를 덮쳐 꺽꺽 소리를 내며 울었다. 하늘에서 쏟아지는 소나기가 마치 나의 울분을 대신하는 듯했다.

나는 다음 날 같은 반 친구들을 모아놓고 내가 느낀 감정과 경험을 공유하면서 친구들에게 우리가 도와주자고 나섰다. 함께 농촌 동원에 갔던 친구들은 각자 부모에게 전화해서 농촌의 가정 형편을 이야기하고 집에 입지 않는 옷이나 잘 신지 않던 신발, 책가방과 교과서들을 보내달라고 했다. 어머니는 오지랖 넓게 행동하는 것에 대해 늘 경계하는 분임에도 내가 한 행동을 무척이나 칭찬했다. 어머니는 지인들에게 전화를 돌려 아이들의 안타까운 사연을 전하고 트럭 한가득 신발과 가방, 옷을 실어 보내주셨다. 어차피 우리는 사용하지 않는 물건들이었다. 이밖에도 달걀과 닭고기, 어머니들이 직접 빚은 만두 수백 개와 쌀 300kg이 그 차에 가득 실려 있었다.

동네 사람들은 그들보다 한참 어린 우리 손을 붙잡고 연신 고맙다며 허리를 숙여 인사를 했다. 나는 내가 가장 아끼던 나이키 운동화와 티셔츠 그리고 수학 문제풀이집 여러 권을 그 형제에게 주었다. 좋아서 방방 뛰는 동생의 모습을 보며 마음이 이상했다.

슬프기도 했고 기쁘기도 했다. 복잡한 감정이었다.

　　나는 평등론자는 아니다. 기계적인 평등을 주장하지 않는다. 하지만 어린 나이에도 이것은 지나치게 불공평한 불평등이라고 느꼈다. 이렇게 사회가 유지가 되는 것이 맞는지에 대해 그때 처음으로 진지하게 생각했던 것 같다.

　　돌이켜보면, 나는 어릴 때부터 남을 도와주는 일에 뿌듯함을 느꼈다. 평양에도 꽃제비가 있다. 꽃제비란 일정한 거처가 없이 떠돌아다니는 빈민을 지칭하는 말로 한마디로 거지, 부랑아를 말한다. 내가 거리에서 만났던 꽃제비들은 대부분 다 내 또래였다. 나는 꽃제비를 만나면 항상 주머니를 탈탈 털어 주었다. 불쌍하다기보다 그렇게 해야 죄책감이 덜어지는 것 같았다. 그들을 모르는 척하고 지나가면 이상하게 마음에 걸렸다. 이런 나의 습관은 한국에 와서도 변하지 않아 아르바이트를 하며 겨우 살아갈 때도 길에서 추위에 떠는 어르신이나 노숙자들을 만나면 점퍼를 벗어주곤 했다. 그렇게 벗어준 과잠(학과 점퍼)이 열 개는 족히 넘는다. 아무리 추워도 옷을 벗어주고 나면 뭔지 모를 뿌듯함을 느꼈다.

　　나의 이런 성격은 어머니 때문이기도 하다. 고난의 행군 시기, 주변에서 사람들이 죽어 나가는데도 당신께서 할 수 있는 일이 가족을 먹여 살릴 식량밖에 없다는 것을 많이 안타까워하셨다. 그래서 장마당에 갈 때마다 꽃제비들을 만나면 아주 작은 것이라도 쥐여주고 오셨다. 어머니는 항상 어려운 사람을 외면하지 말아야 한다 당부하셨고, 어릴 때부터 그런 어머니의 모습을 보고 큰 나도 당연하게 그 영향을 받고 자랐다.

언젠가부터 나는 북한 사람들을 생각하면 측은지심이 느껴진다. 북한이 지금보다 훨씬 더 잘사는 나라가 되었으면 한다. 김일성종합대학에 가서도 친구들과 지방 사람들이 얼마나 어렵게 사는지, 환율이 어떤지, 북한의 모순적인 체제에 관한 이야기를 많이 했다. 그 마음은 아마 농촌 동원에서 심어진 듯하다. 어린 마음에 우리 아버지도 노력해서 얻은 대가이고, 태어난 대로 누리고 사는 것이라는 마음도 깔려 있었을 것이다. 단지 북한이 정상적인 나라가 아니라는 사실만은 순간순간 느낄 수 있었다.

유학생으로
선발되다

'그 아버지에 그 아들'이라고, 나도 어렸을 때부터 반항아 기질이 있었다. 나는 싸우기도 많이 싸웠고, 사고도 많이 쳤다. 결코 모범생은 아니었다. 학교에서 사고가 발생하면 항상 내가 가장 먼저 용의선상에 올랐다. "김금혁, 넌 집에 가지 마. 누가 했는지 모르겠는데 너일 것 같아"라는 선생님 말씀이 늘 따라다녔다. 그래도 공부는 잘하는 편이라 크게 미움을 받지는 않았다.

평양외국어학원에는 특이한 전통이 있다. 아침마다 교문에서 영어 단어 시험을 본다. 가령 1학기 첫날 수업에서 영어 단어 10개를 배웠다면 다음 날 아침 10개 단어의 시험을 본다. 그날 또 수업에서 10개 단어를 배우면 다음 날 아침에는 20개의 영어 단어 시험을 본다. 그다음 날은 30개, 그다음 날은 40개, 이런 식으로 누적해서 하루도 거르지 않고 시험을 본다. 그리고 매주 학과 경연이라는 걸 통해서 영어 단어 시험을 봐야 한다. 학기 말이 되면

1,000개의 영어 단어 시험을 봐야 하고, 이쯤 되면 교문에서 시험을 치를 수 없으니 아예 교실에서 두세 시간 동안 시험을 본다. 만약 교문에서 시험을 통과하지 못하면 운동장이나 화장실 청소 같은 벌칙이 따랐다.

시험 방식은 간단하다. 미리 학생들에게 A4 용지를 반으로 접어 한쪽 면에 한글이나 영어로 단어를 써오게 한다. 그에 따라 영어 단어를 쓰거나 한글로 해석하는 방식이다. 시험을 보면 다음 날 아침, 모두가 볼 수 있도록 게시판에 시험 성적을 붙인다. 나는 단어를 잘 외우는 편도 아니고, 공부도 하지 않아서 내 이름은 항상 성적표 아래쪽 근처에서 왔다 갔다 했다. 지금도 영어 공부를 할 때 단어를 잘 못 외우는 편인데, 단어 시험이 트라우마로 남아서다.

나는 다독가 스타일이다. 단순 암기식 공부는 싫어했지만, 책은 좋아했다. 나는 학교에서 배우는 것을 좋아하지 않았다. 누군가 내게 가르치면 귀에 잘 들어오지 않지만, 대신 내가 찾아서 읽고 스스로 깨치면 그렇게 재미있을 수가 없었다. 학교 수업 시간에는 집중하지 못했지만, 대신 책을 읽으며 부족한 부분을 채웠다. 수업 시간에 나간 진도만큼 다른 책을 통해 하나씩 퍼즐을 맞춰가며 공부했다. 학교 공부를 좋아하지 않던 내가 평양외국어학원과 김일성종합대학에 합격할 수 있었던 것은 모두 어머니 덕분이었다. 교육열이 높았던 어머니는 항상 나를 관리했고, 내가 입시를 준비할 때는 아예 나와 함께 밤을 새우며 수험생활을 했다.

내가 수업을 싫어했던 것은 내용 때문이었을 수도 있다. 북한의 학교 수업에는 채워지지 않는 부분들이 많다. 예를 들어 한국이 일제로부터 해방된 것은 미국이 두 차례에 걸쳐 일본에 원자폭탄을 투하하고, 소련이 불가침조약을 파기하고 만주로 진격하자 전황을 도저히 뒤집을 수 없음을 깨달은 일본이 무조건 항복했기 때문이다. 그런데 북한에서는 김일성이 무장 투쟁해서 나라를 독립시켰다고 가르친다. 학생이 "일본이 망한 건 미국의 원자폭탄 때문이지 김일성 때문은 아닌 것 같은데요?"라고 질문하면 선생은 사색이 되어서 어떻게 그런 말을 하냐며 학생을 꾸짖는다. "김일성이 나뭇잎을 띄워서 어떻게 강을 건너요? 물리적으로 그게 가능한가요?"라고 질문하면 선생은 "그냥 닥치고 넘어가"라고 야단을 치면서 명확한 답을 주지 않았다. 팩트에 대한 오류를 제시하면 팩트로 답해야 하는데, 선생들은 감정적으로 대응했다.

김일성종합대학에 합격하고 나서는 입학 전부터 들떠 있었다. 북한 최고의 대학에 합격했다는 자부심도 있었고, 내가 해냈다는 뿌듯함도 있었다. 대학에서는 그간 수업 때마다 느꼈던 답답함을 풀 수 있을 것이라는 기대도 있었다. 평양외국어학원에서는 선생이 무능하고 잘 몰라서 화를 내는 것이라고 믿었다. 김일성종합대학은 북한 최고의 교육 전당이니 논리적인 답변이 있을 것으로 기대했다. 그렇지만 나는 입학 첫날부터 대학에 실망했다. 1학년부터 4학년까지 배워야 할 내용이 모두 정해져 있었다. 창의적으로 내가 할 수 있는 것들이 없었다. 수업 내용도 고등중학교와 별반 다르지 않았다.

공개된 사실에 의하면 김일성이 이끌었다고 하는 조선인민혁명군의 숫자는 많아 봐야 1,500명이다. 북한에서는 김일성이 이 1,500명을 데리고 조국을 해방시켰다고 가르친다. 그런데 당시 만주 일대에서 중국과 한국인 항일 무장 투쟁 세력을 탄압하던 일본 관동군의 숫자가 100만 명에 달한다. 1,500명으로 어떻게 100만 명을 싸워서 이겼는지 물었지만, 대학 교수도 말을 못 하고 "넘어가자"라고 답할 뿐이었다.

이런 예는 한둘이 아니다. "한반도가 1945년 8월 15일 해방되고, 1945년 8월 26일 소련군이 평양에 입성해 군정 통치를 시작했다. 김일성이 무장 세력을 이끌고 독립을 시켰으면 8월 15일 이전에 한반도에 들어와 있어야지 왜 9월 19일에 소련 배를 타고 들어온 것이냐? 소련군이 도와준 것이냐?"고 물어봐도 답을 듣지 못했다. 이런 수업을 받으며 북한 교육에 여러 허구가 있다는 것을 깨닫게 되었다. 평양외국어학원도 김일성종합대학도 공부 좀 한다는 똑똑한 학생들이 모이는 곳이다. 똑똑한 사람은 질문을 하고, 똑똑한 사람일수록 허구를 빨리 깨닫는다는 것은 참 재미있는 일이다.

김일성종합대학에서의 수업 역시 별다른 재미가 없었다. 한 학기 동안 대학 생활을 하고 난 후 드는 생각은 4년 반을 이렇게 보내고 외교관이 되면 인생이 참 재미없겠다는 것이었다. 김일성 종합대학이 너무 답답했다. 탈출하고 싶었다.

— 너 유학 갈래?

대학에 입학하고 몇 달 뒤인 2009년 7월 어느 날, 중국에 계시던 아버지에게 전화가 왔다. 유학생 정책이 바뀔 것 같다며 일주일 안으로 아마 새로운 소식이 발표될 것이라고 했다. 그러고는 내게 유학 의사가 있는지 물어보셨다.

원래 북한에서 문과생은 유학을 가지 못한다. 이과생들 중에서 정말 공부를 잘하고 충성심이 높은, 좋은 집안의 사람만 선발해서 유학을 보낸다. 따라서 해외 유학생은 극소수에 불과하며, 그마저도 보위부의 엄격한 감시하에서 유학 생활이 가능하다. 문과생이 해외에서 공부하면 쉽게 사상이 변질될 수 있다는 사실을 북한 당국도 잘 알고 있었다. 북한에서 배우는 건 오직 주체사상뿐이다. 해외에서는 다른 철학도 배울 수 있고, 자본주의 경제를 배울 수도 있다. 학생들이 전향할 가능성은 거의 90퍼센트라고 보면 된다. 철저하게 문과생들의 유학을 제한하던 북한의 분위기가 조금씩 바뀌기 시작한 것은 김정은이 후계자로 등장하면서

부터였다.

세상은 빠른 속도로 변하고 있었고, 북한도 유엔의 대북 제재 속에서 살길을 찾아야 했지만, 실질적으로 그런 문제를 해결할 능력을 갖춘 사람이 북한에는 전무했다. 시장경제에 대한 이해도나 다른 나라와 무역할 때 필요한 국제법을 아는 사람이 없었다. 북한도 발전하기 위해서는 새로운 인재가 필요했다. 그때부터 북한 정권 내에서 문과생들, 특히 외국어나 경제, 무역을 전공한 학생들도 유학을 보내야 한다는 분위기가 생겨나기 시작했다.

이와 비슷한 시기에 북한에서는 화폐 개혁이 있었다(북한에서는 1947년부터 2009년까지 다섯 번의 화폐 개혁이 있었다). 북한 당국은 경제를 안정시키고 체제를 공고히 하기 위해 화폐 개혁을 한다고 말했지만, 속뜻은 사람들이 가지고 있는 달러를 끌어내기 위해서였다. 2009년에 시행된 화폐 개혁은 철저하게 실패했다. 화폐 개혁 때문에 수없이 많은 사람이 자살했고, 나라 경제가 엉망이 되었다. 결국 당국은 두 달 만에 화폐 개혁을 철회했다. 화폐 개혁이 실패한 원인은 여러 가지가 있겠지만, 그중 하나는 화폐 개혁을 주도했던 사람들이 경제에 대해 아무것도 몰랐다는 것이다. 그들이 배운 것은 사회주의 계획 경제밖에 없다. 위에서 화폐 개혁을 하라고 해도 제대로 할 수나 있었겠는가. 물론 그들이 할 수 있는 최선을 다했겠지만, 결국은 실패했다. 이런 상황이 펼쳐지다 보니 북한 지도부도 바뀌지 않으면 안 된다는 것을 절감했을 것이다.

문과생들도 유학을 갈 수 있는 길이 열렸다. 단, 문과생이 유학하려면 조건이 있었다. 유학에 드는 비용 전부를 유학생 본인이 부담해야 했고, 부모 중 한 명이 반드시 체류지에 유학생과 함께 살아야 했다. 국가에서 파견하는 유학생은 국가가 장학금과 체류비를 지원하지만, 자비 유학생은 그런 게 없었다. 유학을 보내고자 하는 부모라면 충분히 비용을 부담할 수 있다고 파악한 것이다. 이런 조건에 맞는 사람은 해외에서 사업을 하거나 혹은 외교관들 자제밖에 없었다.

아버지는 내가 원하면 유학을 해도 된다고 말씀하셨다. 아버지는 당시 10년 넘게 중국과 평양을 왔다 갔다 하면서 사업을 하고 계셨고, 어머니도 해외 경험을 하신 분이었다. 어머니는 항상 기회가 되면 꼭 해외를 나가보아라, 우물 안의 개구리가 되지 말아라, 한 번 나갔다 오면 보이지 않던 많은 것들이 보일 것이라고 하셨다.

— 보이지 않던 것들.

이 말에는 아주 많은 것들이 포함된, 중의적인 표현이라고 생각한다. 어머니 아버지도 바보가 아닌 이상 북한 체제의 비합리적인 부분을 분명히 알아챘을 것이다. 해외에 나가보지 못한 사람들이 김일성 장군 만세, 김정일 체제 수호를 외치어 핏대를 돋우는 것을 보면 한심하다고 느꼈을 것이다. 내가 그렇게 느꼈기에 어머니 아버지도 똑같았을 것이라고 생각한다. 차마 아들에게 직접적으로 말은 못했지만, 유학을 통해 좀 더 확실히 느껴보라는 의미였을 것이다.

가족 중에는 할아버지만 유일하게 반대하셨다. 어렵게 김일성종합대학에 들어갔으니 졸업이라도 하고 유학을 생각해보라 하셨다. 북한에서는 유학생이 최고가 아니다. 김일성종합대학이 최고다. 그래서 유학도 대학 졸업 후에 가라고 하신 것이다. 하지만 당시 대학 생활에 지루해하며 다람쥐 쳇바퀴 돌 듯 무료한 나날을 보내고 있던 나는 아무런 고민 없이 무조건 가겠다고 했다. 그렇게 신날 수가 없었다.

나는 기말고사가 끝난 직후 유학생 선발 시험을 치렀다. 유학 시험이라고 해서 특별한 것이 있는 것은 아니다. 영어, 수학, 역사, 전공 과목 외 사상적으로 얼마나 잘 준비되었는지를 확인하는 절차였다. 대학생 중에서 선발하고, 조건이 갖추어진 사람들 내에서 경쟁했기 때문에 모집 단위가 작기는 했지만, 유학생 선발 시험도 7 대 1 정도의 경쟁률이었다. 이마저도 큰 의미가 있는 것은 아니었다. 누가 1차로 가느냐, 2차로 가느냐의 순위 싸움일 뿐, 당시 지원했던 사람들은 대부분 유학을 갔다.

2009년 11월, 1차로 유학을 나가는 학생 200여 명이 선발되었다. 나도 그중 한 명이었다. 어렸을 때부터 해외에 나가보고 싶었던 소원이 이루어지는 순간이었다.

2장

진실을 마주하다

생애
첫 맥도날드

2010년 1월 7일, 나는 고려항공을 타고 평양순안국제공항平壤
順安國際空港을 출발해 베이징서우두국제공항Beijing Capital International
Airport, 北京首都國際空港에 도착했다. 그 비행기에는 태어나서 처음
해외로 떠나는 흥분으로 가득 찬, 이제 갓 스무 살을 넘겼거나 아
직 열아홉 살인 앳된 대학생 30명이 타고 있었다. 국가로부터 선
택받은 특별한 존재라는 자부심과 앞으로 펼쳐질 유학 생활에 대
한 기대에 부푼 그들은 쏟아져 나오는 호기심을 숨기지 못한 채
비행 내내 왁자지껄 떠들었다.

왜 안 그러겠나. 북한 사람에게 해외 경험은 그 무엇과도 비교
할 수 없는 소중한 기회이자 특권이다. 최고위층이라 할지라도 아
무나 쉽게 해외를 드나들 수 없어 신의주 앞 중국 국경도시인 단
둥丹東만이라도 구경하고 오는 것이 소원인 사람들도 꽤 있을 정도
다. 그런 흔치 않은 기회를 너무나 어린 나이에 거머쥔 이들은 세

상을 얻은 기분이었을 것이다. 어릴 때부터 해외여행 한번 가보는 것이 소원이었던 나 역시 마찬가지였다.

2시간 남짓 날았을까. 비행기는 구름 사이를 지나 착륙 준비를 서두르고 있었다. 하늘에서 내려다본 베이징 시내는 날씨 때문인가 흐릿하여 잘 보이지 않았다. 그럼에도 우리는 탄성을 자아내며 흐릿함을 뚫고 시야에 들어온 고도로 발전된 베이징 시내의 웅장함과 화려함에 연신 감탄사를 뱉어냈다. 어떤 이들은 자신의 가슴 설레는 유학 생활이 드디어 이곳에서 시작된다는 생각에 흥얼흥얼 노래를 부르기도 했다.

착륙을 완료했다. 도착을 알리는 신호와 함께 주변을 정돈하고 내릴 차례를 기다리며 창밖을 보던 우리 시야에 파란색의 거대한 비행기가 들어왔다. 꼬리 부분의 태극 문양을 보고 직감적으로 대한민국 국적기라는 사실을 알 수 있었다. 그 거대한 동체를 보며 문득 우리가 타고 온 고려항공 비행기의 크기와 비교해보니 어른과 아이 수준 아닌가. 같은 현장을 목격한 다른 이들의 생각은 알 길 없으나 나는 비교 자체가 불가능한 두 기체를 보며 몰래 보던 드라마에서만 어렴풋하게 느꼈던 한국과 북한의 경제적 격차를 새삼 체감할 수 있었다. 그때의 잔잔한 충격은 지금까지 여파가 남아 그 찰나의 순간에 느꼈던 감정의 전부를 기억해낸다.

비행기에서 공항으로 들어서니 지금껏 경험해본 적 없는 사고의 급격한 팽창을 느끼며 순식간에 압도되었다. 불과 2~3분 전까지만 하더라도 미래에 대한 자신감과 낭만, 환희에 들떠 있던 '선택받은' 소수의 특권층 자제들은 자신들이 출발했던 평양의 순안공항과는 비교조차 불가능한 현대적이고 우수한 베이징서우두국제공항 모습에 더러는 매료되어 연신 셔터를 눌렀고, 더러는 입을 다물지 못한 채 그저 서로를 바라만 볼 뿐이었다. 무언가 딱 집어 말할 수 없는 여러 가지 감정이 섞인 채로 말이다. 형언할 수 없는 이상한 감정이었다.

내가 가장 먼저 느낀 감정은 부끄러움이었다. 기본적인 행색부터 우리와 그들은 달랐다. 여기서 그들이란 우리 북한 유학생을 제외한 공항 내부의 모든 사람을 뜻한다. 나를 포함한 유학생들은 북한 최고급 대학에 다니던 엘리트임을 한껏 티 내기 위해 모두 단체복을 착용했고, 가슴에는 김일성 초상화와 출신 학교를 나타내는 마크를 달고 있었다. 그러나 서우두공항을 통과하는 내내 그런 복장을 한 사람은 우리밖에 없었다. 모두가 우리를 신기한 듯 바라보았고, 그들의 시선을 느끼며 속이 울렁거리는 듯한 두려움과 빨리 이곳을 벗어나고 싶다는 생각이 동시에 들 때쯤 나는 우리가 결코 그곳에 어울리는 사람이 아니라는 사실을 깨달았다.

세계 각국의 여행자들로 붐비며 곳곳에서 뿜어져 나오는 자유분방함과 형형색색의 인파 속에서 나는 정서적으로, 그리고 눈치로 무언가 크게 다르다는 것을 깨달을 수 있었다.

공항을 나오니 베이징 주재 북한 대사관에서 마중 나온 버스 한 대가 있었다. 나는 조용히 버스에 올랐다. 버스를 타고 한 시간쯤 갔을까. 드디어 베이징 시내가 모습을 드러내기 시작했다. 우리는 모두 넋을 잃고 창문에 매달린 채 눈앞에 펼쳐진, 북한과는 전혀 다른 새로운 세상을 탐닉하기 시작했다. 화려한 도시의 풍경에서 눈을 떼지 못하며 무언가 중얼거리는 한 친구의 모습을 보며 나는 우리가 이런 세상과 너무 동떨어진 곳에서 왔다는 사실을 다시금 실감했다. 우물 안의 개구리가 처음 세상에 나왔을 때 느꼈던 감정이 바로 이것이리라.

버스는 대사관에 도착했고, 나는 왜 지금껏 이런 세상이 있음을 몰랐을까 하는 의문을 품고 대사관 안으로 들어갔다. 그리고 그곳에서 나를 기다리던 아버지를 만났다. 간단한 인터뷰를 마치고 도착 보고를 남긴 뒤 나는 아버지 뒤를 따라 대사관을 나왔다. 해가 질 무렵이라 마침 저녁 식사 시간이었다. 아버지는 내게 해외에서의 첫 식사로 무엇을 먹고 싶냐고 물었다. 뭐든 사줄 테니 말만 하라고 말이다. 나는 맥도날드에 가고 싶다고 했다. 아버지는 비싼 것을 먹지 왜 햄버거냐며 가볍게 핀잔을 주었지만, 아들의 완강한 의지를 꺾지 못한다는 것을 이미 알고 계신 터라 군말 없이 나의 손을 이끌고 근처 맥도날드 가게로 향했다.

나는 늘 맥도날드가 그렇게 먹고 싶었다. 평양외국어학원을 다니다 보면 일찍 해외를 경험한 동급생들을 종종 만나게 된다.

이들은 모두 어린 시절 부모를 따라 해외로 나가 조기 유학을 하고 돌아온 특권층 자제들이었다. 나는 항상 이들이 부러웠다. 그 부러움이 향한 곳은 유창한 영어 실력이나 모든 여학생의 인기를 독차지했던 그들의 인기가 아닌 맥도날드를 먹어본 경험이었다. 그들이 삼삼오오 모여 자신들이 경험했던 해외 생활에 대한 이야기를 풀어놓을 때면 항상 등장하는 것이 맥도날드 햄버거와 감자 튀김이었다. 그것의 맛있음을 듣다 보면 나도 모르게 꼭 한번 먹어보고 싶다는 생각이 들곤 했다.

한 10분쯤 걸었을까. 드디어 나의 시야에 커다란 M자 로고가 들어왔고, 아버지는 저게 바로 맥도날드라고 알려주었다. 매장에 들어서니 과연 상상 속의 그곳이 맞았다. 여기저기서 풍겨오는 냄새는 그것이 무엇인지 정확히 알 수 없었음에도 황홀 그 자체였고, 나도 드디어 햄버거를 먹어보게 된다는 환희로 이어졌다. 욕심 가득 햄버거 세트를 두 개나 시키고 난 뒤 나는 다른 사람들이 먹는 모습을 유심히 지켜보았다. 최대한 나도 능숙하게 햄버거를 먹기 위해서였다.

순서가 되어 내 햄버거가 나왔고, 나는 광속보다 빠른 걸음으로 그것을 받아 들고 돌아왔다. 아버지는 그런 아들의 모습이 신기했는지 연신 웃기만 하셨다. 떨리는 마음으로 햄버거를 손에 쥐고 최대한 조심히 포장지를 뜯어내니 그 안에는 내가 상상으로 수백 번이나 먹어봤을 햄버거가 들어 있었다. 천상의 맛이었다.

나는 지금도 종종 맥도날드에 간다. 요즘은 맥도날드보다 훨씬 맛과 가성비가 뛰어난 햄버거 가게들이 많지만, 나는 그때의 소중했던 기억이 새겨진 노스탤지어를 느끼며 맥도날드에 간다. 인생 처음 맥도날드를 먹었던 그 베이징에서의 첫 식사를 여전히 기억하며 말이다.

같이
밥 먹을래요?

우리가 선발대로 도착한 뒤 몇 주에 걸쳐 더 많은 유학생이 베이징으로 들어왔다. 이들 대부분은 모두 자비 유학생들이었다. 자비 유학생이란 유학 비용 전체를 본인이 부담하는 유학생을 뜻한다. 막대한 유학 비용을 모두 충당할 수 있는 조건을 갖춘 최고 위급 집안의 자제들로 이들의 부모는 모두 해당 유학지에서 호화로운 삶을 누리며 북한의 외화벌이를 주도하는 사람들이었다. 이처럼 많은 유학생을 관리해본 경험이 없던 북한 대사관은 당시 교육참사의 지휘 아래 유학생들이 공부할 중국 대학교를 물색했고, 북한과 중국의 모종의 거래를 통해 우리는 모두 손쉽게 대학교에 들어갈 수 있었다.

원칙대로라면 나는 아버지가 계신 내몽고에 있는 학교에 가야 했지만, 나는 내몽고가 아닌 베이징에서 공부하고 싶었다. 나는 아버지에게 떼를 썼고, 아버지는 내게 절대 사고를 치지 않겠다는 서약서를 받고 나서야 베이징행을 허락했다.

내가 처음 간 곳은 베이징어언대학이었다. 베이징어언대학은 외국인 학생들이 가장 선호하는 대학교 중 하나인데, 중국어 교육에 특화되어 있기 때문이다. 나는 이곳에서 일 년간 중국어를 배운 후 베이징대학에 진학할 예정이었다.

북한 대사관은 한국 학생이 지나치게 많다는 이유로 나의 베이징어언대학 입학을 불허했다. 그러나 좋은 환경에서 중국어를 빨리 배우고 싶었던 나는 또 아버지에게 부탁했고, 아버지의 로비 결과 완고하던 불허 입장은 조건부 허락으로 바뀌었다. 그 조건이란 매일 학업과 학업 이외의 일정을 모두 대사관에 보고한다는 것이었다. 원래 북한 유학생들은 상호 감시할 수 있도록 무조건 2인 1조로 움직여야 한다. 원칙은 그러하나 시간이 흐르면서 나는 대사관이 요구했던 조건 중 어느 하나도 지키지 않았고, 대사관 역시 딱히 요구하지 않았다.

베이징에서 첫 수업이 시작되었다. 내게 배정된 반은 한어초급기초 1반이었다. 학교 측은 가장 한국 학생이 없는 반으로 선정했다고 했으나 막상 강의실에 들어서니 전체 인원 9명 중 나를 포함해 한국인이 5명, 미국 혹은 유럽인으로 보이는 학생이 3명, 일본인이 1명이었다. 간단한 소개를 마친 뒤 자리로 가 대충 분위기를 보아하니 강의실의 모든 사람이 놀란 눈치였다. 살면서 북한 사람을 이렇게 가깝게 볼 수 있는 기회가 그들에게도 흔치 않았을 터이니 그럴 만도 했다. 나중에 들은 이야기에 따르면 내 예상대로 북한 사람을 직접 본 것은 내가 처음이었다고 했다. 그러나 가장 긴장한 사람은 바로 나였다. 북한에서 적으로 규정하고 있는 미국인, 일본인, 한국인으로 구성된 반에 들어갔으니 얼마나 좌불안석이었을까.

북한에서는 예비 유학생들이 해외로 나가기 전, 2개월에 걸쳐 해외 체류 시 하지 말아야 할 행동에 대해 교육한다. 특히 한국인이나 미국인과는 그 어떤 접촉도 하지 말아야 하며, 내가 만나는 한국인은 모두 나를 포섭하기 위해 안기부에서 파견한 사람이라고 가르친다. 교육대로라면 한국인을 만나면 경멸의 눈빛으로 노려봐야 하고, 말을 걸어도 절대 응답해서는 안된다. 이런 교육을 두 달 내내 받다 보면 아무리 한국 드라마를 많이 보았어도 한국인이 괴물 같고, 싸움을 잘하는 절대 고수로 나를 암살할 것 같은 이미지가 그려지게 된다. 그리고 한국인과는 절대 눈도 마주쳐서는 안될 것 같은 생각이 든다.

두려움 속에서 간단한 인삿말 정도는 나눠도 될까 안 될까를 끊임없이 고민하는 사이에 수업이 끝났다. 나는 그들이 모두 나가기만을 기다리며 일부러 늦장을 부렸다. 아무 일도 일어나지 않기를 바라며 주섬주섬 가방을 챙기고 있는데, 나를 향해 다가오는 인기척이 느껴졌다. 고개를 들어 앞을 보았다.

— 안녕하세요.

단발의 한국 여학생이었다. 웃으며 인사를 건네는 그 친구를 보며 어찌 반응해야 할지 몰라 머릿속이 엉켜버린 채 급기야 "Hi, Hello"라고 답을 해버렸다. 더 다가오지 않기를 바라는 마음에서 영어로 답했지만, 내 마음을 아는지 모르는지 그 친구는 한 번 더 웃으며 "혹시 한국말 모르세요? 함께 식사하러 가실래요?"라고 물었다. 거기서 다시 영어로 답을 했다가는 민망함과 오그라듦에 못 이겨 다음 날부터 학교에 나오지 못할 것 같아 짧게 "네"라고 답했다.

그녀의 요청에 못 이겨 따라간 곳은 다름 아닌 학생 식당이었다. 한국 학생이 많다는 것을 과시라도 하듯 식당 안에는 무려 한식 코너가 있었고, 우리는 자연스럽게 한식 코너로 걸음을 옮겨 자리를 잡았다. 북한 학생과 밥을 먹는다는 소문이라도 퍼졌는지 순식간에 내 주위로 여러 명의 한국 학생들이 모여들었다. 돌솥비빔밥과 제육볶음, 떡볶이를 앞에 놓고 우리는 남북 대화를 시작했다. 그렇게 나의 본격적인 유학은 북한이 그어놓은 금기를 모두 위반하는 돌출 행동으로 시작되었다.

금기는 한 번 깨는 것이 어렵지 두 번은 일도 아니다. 나와 한국 친구들은 매우 빠른 속도로 친해졌다. 함께 모여 공부하고 노래방도 가며 돈독한 우정을 쌓기 시작했다. 북한에서 짧게는 두 달, 길게는 20년간 받았던 사상 교육은 친구들과 지낸 며칠 만에 완전히 무용지물이 되었다. 우리는 북한 사람, 한국 사람이 아닌 한어초급 1반 동급생일뿐이었다. 우리는 베이징의 한인타운인 왕징望京에 아지트를 만들어 수업만 끝나면 아지트에서 즐거운 시간을 보냈다.

나는 스스로 놀랄 정도로 한국 친구들과 허물없이 지냈다. 사실 내가 이처럼 자유로울 수 있었던 것은 배정받은 반에 북한 유학생이 나밖에 없었기 때문이었다. 내가 누구를 감시해야 할 필요도 없었고, 나를 감시하는 사람도 없었다. 속된 말로 보위부 요원보다 아버지가 더 힘이 세었기 때문에 나는 크게 보위부 요원들을 신경 쓰지 않고 내가 하고 싶은 대로 하며 지냈다. 북한 당국의 통제는 있었지만, 평양에서 느끼던 만큼의 통제는 아니었고 일신의 자유가 생겼다. 자유로워지니 내가 할 수 있는 것들을 깨닫게 되었다.

처음 한두 달은 하고 싶은 것이 있어도 엄두를 내지 못했다. 그러다 조금씩 용기를 내어 한국 친구들과 자금성, 만리장성을 관광했다. 시간이 조금 흐른 후에는 혼자서 베이징 밖을 벗어나 여행하기 시작했다. 베이징 밖이라고 해봤자 기차로 한 시간 정도 걸리는 톈진天津 정도였지만, 내가 느꼈던 완벽한 홀가분함은 말로 표현할 수 없을 정도 였다.

누군가 나를 감사하지 않는다는 그 두려움에서 해방되는 순간, 나는 여행과 책에 빠져들었다. 아무도 나를 통제하는 사람이 없었다. 시내를 돌아다니며 카페도 가고, 도서관에도 가면서 아, 이게 여행이구나. 여행의 즐거움이란 게 이런 것이구나. 자유가 있으니까 할 수 있는 것이라는 것을 깨달았다. 여행이란 애초에 누구나 다 할 수 있는 것인데 우리가 지금까지 못 했던 것이라는 것을 중국에 와서야 알 수 있었다. 기숙사 침대에 누워 마음껏 책을 읽고, 밤 11시에 베이징에서 러닝하는 일상, 일반인들에게 아무것도 아닌 모든 것이 내게는 자유 그 자체였다. 너무나 달콤했다.

모든 것이
거짓이었다

베이징에서의 유학 생활은 내가 감당하기 벅찰 정도의 자극이었다. 한국에 대해 알게 된 새로움, 북한이 감추려고 했던 민낯이 강렬하게 다가오면서 다가올수록 거기에 빠져들 수밖에 없었다. 나의 행동들은 발각될 경우 심한 처벌을 받을 수 있는 위험한 수위였으나, 나는 이미 북한 정권에 충성해야 한다는 원칙 따위는 까맣게 잊은 지 오래였다.

나는 태어나서 처음으로 자유다운 자유를 만끽하며 행복한 생활을 하고 있었다. 한국 친구들과 자연스럽게 남북 관계에 관한 이야기를 나누기도 했고, 정보를 주고받았다. 그러던 중 천안함 피격 사건이 터졌다. 천안함 사건은 모두가 알고 있듯이 2010년 3월 26일 대한민국 백령도 남서쪽 약 1km 지점에서 임무를 수행 중이던 천안함이 조선인민군 잠수정의 어뢰에 공격당해 침몰한 사건이다.

어느 날 학교에 갔는데, 분위기가 이상했다. 한국 친구들이 나와 대화도 하지 않으려고 하고, 내 눈을 피하는 것 같았다. 무슨 일인가 했더니 천안함 이야기가 나오기 시작했다. 순간 발끈한 나는 언제 북한이 남한을 도발했냐, 남한 정부의 자작극 아니냐며 열심히 반론을 펼쳤다. 아무 근거도 없이 무턱대고 북한을 매도하는 친구들이 괘씸했고, 억울하기도 했다. 나는 북한에서 교육받은 대로 철저하게 북한 입장을 대변했다. 한두 명과 이야기를 나누고 있었는데 어떻게 알았는지 점차 한국 친구들이 모여들기 시작했다.

당시 천안함 사건이 발생한 지 얼마 지나지 않은 때라 이야깃거리가 별로 없었던 탓에 우리의 대화 소재는 독재, 대량 아사, 정치범수용소, 인권, 민주주의 등 북한 이슈로 확대되었다. 나는 당황했다. 처음 들어보는 이야기였다. 동국대 북한학과를 휴학하고 유학 온 친구가 내게 "너는 북한의 서울대라고 하는 김일성종합대학을 나왔다면서 민주주의가 뭔지도 모르냐?"며 몰아붙였다. 나는 궁여지책으로 "북한의 정식 명칭이 뭔지 아느냐? 조선민주주의인민공화국이다. 당연히 북한도 민주주의다"라고 맞받아쳤다. 그러자 그 친구는 "내가 모든 사실관계를 알려줬을 때 너의 신념을 바꿀 준비가 되어 있느냐"고 물었고, 나는 "좋다"고 응수했다.

그는 "조선민주주의인민공화국이란 국호 안에 도대체 진실이 있나. 민주주의가 진실이냐, 인민이 진실이냐. 인민이 진실이면 사람들이 굶어 죽어 나가는데 너희 권력자들은 아무런 책임도 지지 않고 무엇하느냐. 우리나라 같으면 그렇게 많은 사람이 굶어 죽었으면 난리 났다. 아무것도 바뀌지 않고 그대로 유지되고 있는 그곳 어디에 인민이 있고, 민주주의가 있느냐"면서 격분했다. 또 "국민이 항의하면 대통령이 나서서 대국민 사과를 하는 게 민주주의다. 아무리 권력을 가진 사람이라도 잘못하면 머리를 숙이고 국민이 잘못했다고 지적할 수도 있고, 끌어내릴 수도 있는 게 민주주의다. 총선에서도 1퍼센트 차이로 당선이 갈라져 항상 끝까지 긴장하는데, 너희는 투표하면 99퍼센트가 찬성이지 않냐. 그게 어떻게 선거냐. 비밀투표라고 하면서 이름을 쓰지 않느냐. 그게 어떻게 비밀투표냐"라며 정색했다. 토론이라면 지지 않을 자신이 있는 나였다. 하지만, 친구의 논리에 할 말이 없었다. 반박하고 싶은데 입을 뗄 수가 없었다. 보통 토론이란 정확한 근거와 팩트에 기반했을 때야 승기를 잡을 수 있다. 거짓된 정보와 조작된 자료, 선전, 선동에 기인한 북한 측의 입장밖에 내세울 것이 없었던 나는 이야기하는 족족 패할 수밖에 없었다.

당시 나는 자만심에 가득 차 있었다. 평양외국어학원을 나와 김일성종합대학에 입학했고, 유학까지 왔다. 스스로 똑똑하다고 자부하고 있었는데, 친구가 하는 이야기를 하나도 알아듣지 못했다. 민주주의에 관해 이야기하는데, 내가 아는 민주주의와 친구가 말하는 민주주의 모습이 완전히 달랐다. 내가 알고 있는 북한과 친구가 말하는 북한의 현실도 너무 달랐다.

우리는 그날 새벽까지 대화를 나눴다. 대화할수록 그동안 내가 의식하지 못하던 것들이 눈에 들어오기 시작했다. 당시 나는 탈북민이 뭔지도 몰랐고, 정치범수용소라는 단어도 처음 알았다. 물론 김씨 일가에 대해 사소한 것이라도 위해가 되는 말이나 행위를 하면 절대 돌아올 수 없는 감옥으로 간다는 것쯤은 알고 있었다. 이는 북한 사람이라면 누구나 다 알고 있는 사실이다. 하지만 그런 감옥을 국제사회가 정치범수용소라고 칭하고, 그것이 인권 탄압이라는 것을 친구와의 대화를 통해 알게 되었다. 대화하면서 다른 나라 언론에서는 북한 유학생을 엘리트, 인재라고 부르는데 우리가 과연 인재가 맞는가는 생각이 들 정도로 부끄러웠다. 심지어 평양에서 태어나고 자란 나도 북한의 인권 상황이나 자유, 민주주의에 대해서는 손톱만큼의 관심도 없었고, 알 필요도 없었고, 알려고도 하지 않았다. 한마디로 무지렁이였다.

집으로 돌아온 나는 컴퓨터 앞에 앉았다. 그전까지는 포털 사이트에 '김정일'이라는 단어를 치는 것이 무척 두려웠다. 이것만은 절대 건드리면 안 된다는 무의식이 가로막고 있었던 것 같다. 만약 이걸 건드리면 지금 내가 누리고 있는 행복이 사라져버릴 것이라는 걸 직감적으로 두려워하고 있었다. 지금 내가 이렇게나 행복한데, 일을 그르치면 모든 것이 엉망이 되어 감옥에 갈 수도 있다는 것을 알고 있었다. 나는 그런 짓을 하고 싶지 않았다. 하지만 너무 궁금했다. 친구들의 이야기가 진실인지, 조작된 사실이 아닌지, 과장된 이야기는 아닌지 온갖 상념이 머릿속에 떠다녔다. 진실이 무엇인지 확인해봐야 했다. 막상 컴퓨터 앞에 앉기는 했지만, 아무도 보지 않는데도 용기를 내기가 쉽지 않았다. 모니터에 김정일을 치고, 지우고를 얼마나 반복했는지 모른다. 너무 떨렸다. 그러다 결국 눈을 질끈 감고 엔터키를 눌렀다.

화면이 바뀌었다. 위키피디아에 올라온 문서를 읽으면서 생애 처음으로 인간에 대한 격렬한 분노를 느꼈다. 화려한 여성 편력, 호화 요트와 수십 채의 호화 별장 등 내가 알지 못했던 김정일의 생애가 눈앞에 펼쳐졌다. 나는 글을 읽어나가며 망치로 머리를 때리는 듯한 충격을 받았다.

그때까지만 해도 나는 북한 정권에 충성스러운 사람이었고, 북한이라는 나라에 대한 자부심도 있었다. 자만심도 머리 꼭대기까지 차올라 있을 때였는데, 그게 한꺼번에 무너져 내렸다. 나는 나름 공부도 했고, 책도 많이 읽어서 스스로 지식인이라고 생각했다. 그런데 내가 알고 있던 것이 전부 거짓말이라는 것을 알았을 때 온몸에 소름이 돋을 정도로 큰 충격이었다. 지금까지 내가 속았구나. 내가 지금까지 눈만 뜨면 김씨 일가에 위대한 원수님, 불세출의 영웅 등 갖은 존경의 수식어를 갖다 붙였다는 사실이 너무나 혐오스러웠다. 존경받을 만한 일은 눈 씻고 찾아봐도 단 하나도 한 게 없었다. 규탄받아야 할 사람이 칭송을 받고 있었다.

김정일이 여름휴가를 위해 호화 요트를 세 척이나 사들인 시기는 1990년대 중반으로 고난의 행군으로 수많은 사람이 굶어 죽을 때였다. 금수산태양궁전(별칭 '주석궁') 재건축에 들인 비용, 자신이 좋아하는 코냑을 사기 위해 외화를 탕진한 부분을 읽을 때는 분노로 온몸이 떨릴 정도였다. 김정일은 아버지인 김일성의 시체를 영구 보존하기 위해서 8억 달러에 달하는 돈을 써서 금수산태양궁전을 리모델링했다. 8억 달러면 1조 원에 달하는 돈으로 옥수수 150만 톤을 살 수 있다. 옥수수 150만 톤이면 사람들이 굶어 죽지 않아도 될 정도의 양이다.

지도자가 어떻게 죽은 아버지의 시신을 영구 보존하겠다고 수십만 명의 사람의 목숨을 버릴 수가 있는지, 이해가 되지 않았다. 고등학생 시절 농촌 동원에 나갔던 양홍리가 오버랩되었다. 그때 내가 묵었던 곳은 전쟁 이후 갓 태어난 마을 같았다. 한마디로 폐허였다. 전기는 하루 2시간밖에 들어오지 않고, 세탁기 같은 건 찾아볼 수도 없었다. 모두 손빨래를 했다. 그런데 인민을 위한다는 말을 입에 달고 사는 지도자라는 사람이 주민들이 굶어 죽어 나가든 말든 자기 혀를 즐겁게 하겠다고 자신이 좋아하는 코냑과 치즈를 직접 프랑스에서 공수했다는 글을 읽으며 어떻게 그럴 수 있느냐는 생각이 들었다. 아버지를 우상화하고 절대적인 존재로 만들어야 한다는 잘못된 집념과 아집이 결국은 수많은 사람을 굶어 죽게 만들었고, 인민들은 쌀이 없어 송진을 뜯어먹고 산나물로 끼니를 떼울 때 이자들은 코냑과 치즈로 매일 파티를 했다는 사실에 더 분노했다.

돌이켜 생각하면 북한에 있을 때도 현실은 내 옆에 있었다. 정말 잘나가던 친구였는데 한국 드라마 몇 개 봤다고 보위부에 끌려가 고문을 받다가 아무도 모르는 곳으로 추방당했고, 친구의 집안은 풍비박산이 났었다. 그때 나는 내 일이 아니니 괜찮을 것이다, 내게는 저런 일이 일어나지 않을 것이라고 생각했다. 부모님도 저렇게 되기 싫으면 밖에 나가 말과 행동을 조심하라고 했을 뿐이었다.

북한에는 이동의 자유가 없다. 직업 선택의 자유도 없다. 생각하는 것을 자유롭게 이야기할 수도 없다. 부모와 자식 간에도 체제에 대한 대화는 일절 금지다. 나는 이런 현실을 무시하고 살았었는데, 어느 날 갑자기 거대한 진실이 눈앞에 나타난 것이다.

나는 다음 날부터 학교에 갈 수가 없었다. 진실의 폭풍이 나를 강타한 뒤 나는 북한에 대해 모르고 있던 것들, 지금까지 잘못 알고 있던 것을 공부해야겠다는 결심을 했다.

위키피디아로는 부족했다. 친구들에게 물어보니 한국의 신문사 홈페이지에 들어가면 옛날 기사를 볼 수 있다고 했다. 나는 〈동아일보〉, 〈조선일보〉 등 한국의 신문사 홈페이지에 들어가서 1990년대 말 기사부터 찾아보기 시작했다. 그러면서 1997년부터 2000년까지 김정일의 지시에 따라 벌어진 대규모 숙청 사건인 '심화조 사건'도 알게 되었다. 심화조 사건은 고난의 행군으로 체제가 붕괴될 위기에 몰리자 민심의 동요를 막기 위해서 김정일을 중심으로 한 지도부가 대규모 숙청을 일으킨 사건이다. '심화조深化組'란 사건을 주도한 사회안전성 소속 특수감찰반의 이름으로, 이 사건으로 3년간 숙청된 사람만 최소 2만 5,000명 이상이며, 직접적으로 사망한 사람은 3,000명에 달한다고 알려져 있다. 수많은 주민이 영문도 모른 채 공안기관에 끌려가서 혹독한 고문 끝에 거짓 자백을 하고 정치범수용소에 끌려갔으며, 터무니없는 이유로 반역자로 몰린 사람은 억울함을 이기지 못해 자살하기도 했다. 체제 유지를 위해 이렇게까지 할 수 있다는 사실이 어이없고 황당했다.

친구가 추천해준 다큐멘터리를 보면서는 펑펑 눈물을 쏟아냈다. 북한 사람들이 탈북할 때의 험난한 과정을 담은 KBS 다큐멘터리였는데, 나는 그 다큐멘터리를 보기 전까지 그렇게 많은 탈북민이 있는 줄 몰랐고, 얼마나 그들이 힘들게 살다 북한을 떠날 결심을 하는지도 몰랐다. 세상에서 최고로 위대한 영도자를 그렇게 흠모하던 사람들이 정든 땅을 등지고 떠날 때는 분명히 이유가 있을 터였다. 그 사람들을 떠나게 만든 나라는 도대체 뭘까 하는 근본적인 의문이 생겨났다. 이런 사실을 접하며 북한 체제의 실상을 점점 더 명확하게 깨닫게 되었고, 유학 생활이 길어질수록 북한의 실체에 접근할 수 있는 기회는 자주, 더 많이 생겼다.

조선 사람이 아닌
한국 사람입니다

2010년은 북한이 월드컵 본선에 진출한 해이다. 1966년 잉글랜드 월드컵에서 북한이 8강에 올라 세계를 깜짝 놀라게 한 이후 44년 만의 일이었다. 북한의 축구 국가대표팀은 제19회 월드컵이 열리는 남아프리카공화국으로 넘어가기 전 비자 문제로 베이징에서 2박 3일 동안 머물렀고, 유학생들이 그들을 도우라는 대사관의 지시가 있었다. 기쁜 마음으로 찾아간 대사관에서는 기대와 전혀 다른 모습의 선수들이 기다리고 있었다. 명색이 국가대표라는 선수들의 행색이 말이 안 되게 초라했다. 그 모습만으로도 마음이 아픈데, 선수들이 북한으로 돌아갈 때 가족과 친지들을 위해 신발이라도 사 갈 수 있도록 돈을 달라며 유학생들을 붙잡고 사정을 했다.

나라의 얼굴이라고 할 수 있는 국가대표라면 정부에서 부족함 없이 지원하는 것이 마땅하다. 게다가 몇십 년 만의 월드컵 본

선 진출이다. 이를 위해 얼마나 많은 노력을 했겠는가. 국위 선양을 했다고, 훌륭한 선수라고 어깨를 펴고 당당하게 굴어도 시원찮을 판국에 선수들은 그들보다 한참 어린 나이의 유학생에게 자존심 따위는 전혀 개의치 않고 허리를 굽혀 통사정을 했다. 함께 갔던 유학생들이 그 자리에서 십시일반 돈을 모아 선수들에게 전달했지만, 마음속으로는 '국격이 땅에 떨어진 것이 아니라 아주 지하에 처박혔구나' 하는 생각을 떨칠 수가 없었다.

북한의 실상을 뼈저리게 느꼈던 또 하나의 계기가 있었다. 2010년에는 '아름다운 도시, 행복한 생활Better City, Better Life·城市, 生活更美好'이라는 주제로 상하이에서 역대 최대 규모의 엑스포가 열렸다. 북한도 상하이 엑스포에 참가했고, 이번에도 유학생들이 통역으로 동원되었다.

상하이에 처음 가본 우리는 입이 떡 벌어졌다. 북한에 있을 때 개혁 개방으로 중국이 많이 성장했다는 이야기를 들었지만, 중국의 발전상을 직접 목격한 것은 그때가 처음이었다. 화려한 상하이를 보며 천지개벽이라는 말을 실감했다. 똑같이 사회주의라는 타이틀을 가지고 있는 두 나라지만, 한쪽은 굶어 죽는 사람이 태반에 변변한 건물 하나가 없다. 북한에서 63빌딩에 대적하려고 만든 101층짜리 류경호텔도 1987년 첫 삽을 뜬 후 40년 가까이 방치해 둔 상태였다. 그런데 상하이를 보며 개혁 개방이라는 정책을 통해 나라가 어느 정도까지 발전하고 사람들의 삶의 질이 우리가 생각하는 수준 이상으로 좋아질 수 있다는 것을 깨달은 것이다.

북한 유학생은 엑스포에서 한국관에 가는 것이 금지되어 있었다. 그러나 궁금증을 억누를 수가 없었다. 우리의 발길은 자연스럽게 한국관으로 향했다. 당시 삼성전자가 '갤럭시 S' 시리즈를 출시하며 스마트폰 시장에 본격적으로 진입하던 시기로 한국관에는 최신형 스마트폰, 신형 소나타, 초대형 멀티월, 최신 기술의 3D TV 등이 전시되어 있었다. 화려한 조명 아래 최첨단 제품들은 눈이 부실 지경이었다.

발걸음을 옮겨서 '조선민주주의인민공화관'이라고 명칭된 북한관으로 갔다. 한국관과는 외형부터 차이가 났다. 하필이면 조선민주주의인민공화국관과 한국관이 바로 옆에 있어 더 초라해 보였다. 내부는 더했다. 북한이 주력 상품으로 내세운 것은 고려 인삼으로 만든 은단과 우황청심환이었다. 한국에서는 최신 기술을 자랑하는 스마트폰을 주력 상품으로 내세웠지만, 똑같은 언어를 쓰는 북한은 인삼을 주력 상품으로 팔고 있었다. 부끄러움에 얼굴이 달아올랐다.

우리가 그동안 배운 것은 북한은 세상에 부러울 것 없는 나라고, 나름대로 구색은 갖춘 나라였다. 태어난 곳이니 북한에 대한 자부심과 애정도 있었다. 하지만 상하이 엑스포에서의 경험은 남아 있던 애정마저 산산이 부서지게 만들었다. 마치 원시사회와 문명사회를 비교해서 보는 것 같았다. 조선민주주의인민공화국관에 있는 동안 관광객이라고는 대여섯 명 정도가 다녔고, 신기해서 몇 명이 물건을 사는 것을 제외하곤 사실상 아무것도 팔지 못했고, 아무것도 홍보하지 못했다.

행사를 마치고 베이징으로 돌아가는 기차에서 유학생들은 아무도 웃거나 떠들지 않았다. 모두 왠지 모를 부끄러움을 느꼈고, 고민에 빠졌다. 기차에서는 종종 중국인 관광객들이 옆 좌석 사람들에게 말을 건다. 젊은 학생들이 여러 명 모여 있으니 우리에게도 "어느 나라 사람이냐?"고 물었다. 유학생 중 한 명이 '한국 사람'이라고 답했다. 다들 흠칫 놀랐다. 속으로 모두가 있는 자리에서 미쳤나 하고 생각했지만, 아무도 반론을 제기하지 않았다.

평소 국적을 묻는 말에 북한에서 왔다고 하면 질문에 질문이 꼬리를 잇는다. 너희는 왜 그렇게 못 사느냐, 김정일은 왜 그 모양이냐 등 중국인들이 북한에 대해 평소 이상하게 생각하는 모든 질문은 감당하기 어려울 정도다. 대신 한국인이라고 하면 한국 드라마 너무 재미있다, 한국 노래 너무 좋다 같은 호평밖에 없다는 것을 중국에서 어느 정도 지낸 북한 유학생이라면 누구나 알고 있었다. 질문을 받은 것이 나였어도 한국인이라고 답했을 것 같다. 그만큼 그때 우리는 자신을 당당하게 조선 사람이라고 밝히기 어려운 분위기였다. 한숨밖에 나오지 않았다.

베이징으로 돌아온 후 친구와 밥을 먹다 "이건 아니지 않냐?"라는 말이 불쑥 튀어나왔다. 친구가 "뭐가 아니라는 거야?"라고 되묻자 봇물이 터졌다.

　　— 너도 봤을 거 아냐. 한국과 우리나라 사이의 격차를. 전시
　　　만으로도 이 정도인데 우리가 모르는 격차는 얼마나 더 클
　　　까? 우리가 모르는 일이 얼마나 더 많을까?

　나는 마라탕을 먹다 말고 한참 동안 그동안 쌓인 말을 쏟아냈다. 김씨 일가에 대한 분노가 쌓여 감정을 주체할 수 없었다. 나도 모르게 욕이 튀어나왔다. 나도 놀랐고 친구는 더 놀랐다. 이성은 남아 있었던지, '아차, 돌아올 수 없는 강을 건넜구나'라는 생각에 나는 말을 멈췄다.

　북한에서는 친구들 사이에서도 북한 정권 혹은 신념에 대해 물어보는 것은 절대 금기시하는 일이다. 지위가 높을수록, 잘사는 사람일수록 그런 이야기는 절대 하지 않는다. 그런데도 나는 "너희들은 이게 정상적이라고 생각하니?", "너는 이게 정의롭다고 생각하니?", "과연 우리가 배우고 우리가 듣고 자란 그 모든 것들은 사실일까?"라는 질문을 던졌다. 북한에서는 목숨을 내놓고 해야 하는 질문들이었다. 그런데 놀랍게도 친구가 "사실 나도 그렇게 생각해"라며 내 의견에 동조했다. 우리는 10시간 가까이 토론했다.

북한이 어쩌다 이 지경에 이르게 되었는지, 우리가 믿고 있던 국가란 무엇이며 충성을 바치려 했던 정권의 실체가 무엇인지에 대해 피를 토해내듯 서로의 감정을 교환했다.

유학생들은 모두 똑똑하고 자신만의 생각이 있는 친구들이다. 그들도 나와 똑같이 국가대표 선수들을 배웅하며 마음이 아팠고, 엑스포를 다녀와서 충격을 받았다. 북한 체제가 얼마나 잘못 돌아가고 있는지, 얼마나 많은 사람이 굶어 죽었는지 알고 있었다. 그때 나는 알았다. 불씨를 지필 사람이 필요하다는 것을, 불씨만 지펴진다면 북한에도 희망이 있다는 것을.

그때부터 친구와 많은 이야기를 나눴다. 우리는 합이 잘 맞았다. 당시 후계자로 김정은이 지목되었던 시기로 우리는 어디서 저런 걸 후계자로 세웠냐, 스물일곱 살짜리가 무슨 후계자냐, 아들이면 다 후계자냐, 북한 정권에 대한 비난을 원색적으로 쏟아냈다. 그렇게라도 해야만 숨이 쉬어졌다.

독서회를
결성하다

2010년 연말, 모임을 만드는 결정적인 계기가 찾아왔다. 크리스마스이브였다. 마침 그날이 생일인 친구가 있었다. 북한에서 크리스마스를 기념한다는 것은 목숨을 내놓아야 하는 일이다. 크리스마스에 대해서도 잘 모른다. 그러나 해외파들은 크리스마스가 어떤 기념일인지, 다른 나라에선 아주 성대하게 기념한다는 사실을 알고 있었고 우린 스스럼 없이 크리스마스를 즐겼다. 생일 파티를 겸해서 크리스마스를 즐기기 위해 친구 10여 명이 모여 베이징의 한 호화 백화점 8층에 있는 스케이트장에 갔다. 스케이트를 타고 난 후 백화점에 있는 레스토랑에서 식사할 예정이었다.

지금은 아니지만, 당시에는 중국도 크리스마스가 휴일로 지정되어 있어 제법 성탄절 분위기가 났다. 스케이트 신발 끈을 묶으며 별생각 없이 스케이트장을 바라보았다. 빨갛고 노란 옷을 입은 아이들이 행복하게 웃으며 엄마 아빠 손을 잡고 스케이트를 타고 있는 모습이 눈에 들어왔다. 그걸 보는 순간, 눈물이 핑 돌았다.

북한의 꽃제비에 대해 다룬 다큐멘터리가 생각났다. 어릴 때 아버지 어머니를 잃고 꽃제비가 되어 어렵게 살다가 힘들게 탈북한 전 과정을 그린 KBS 다큐멘터리였다. 스케이트장에서 중국 아이들을 보고 있으니 다큐멘터리에 나왔던 꽃제비와 오버랩되면서 감정이 북받쳐 올랐다.

누군가는 여기서 태어났다는 이유로 크리스마스에 부모와 행복하게 지내는데, 왜 누군가는 북한에서 태어났다는 이유로 배를 곯으며 처참하게 살아가야 하는가. 그 가운데 낀 우리는 무슨 특권으로 베이징에서 스케이트를 타고, 호화스러운 레스토랑에서 북한의 일반인들 기준으로 6개월, 1년치 월급은 모아야 가능할 정도의 비싼 식사를 하며 행복하게 웃을 수 있는 것일까. 우리의 삶은 왜 이렇게나 다른 것일까. 이게 공정한 것일까, 정의로운 것일까, 우리가 누리고 있는 삶은 우리 스스로 만든 것일까, 아니면 누군가의 피와 땀, 눈물로 이루어진 것일까. 도대체 이 괴리감은 무엇일까.

나는 벤치에 앉아 하염없이 눈물을 흘렸다. 놀란 친구들이 "어디 아프냐?"며 걱정했지만, 한 번 터진 눈물은 멈추지 않았다. 결국 모두 스케이트를 포기하고 레스토랑으로 가서 테이블에 앉았다. 친구들이 식사를 하려는데, 내가 포크를 집어던지며 말문을 열었다.

― 아무리 생각해봐도 이건 아닌 것 같아. 우린 무슨 자격으로
  여기서 이렇게 맛있는 걸 먹고 있는 걸까?

갑자기 분위기가 싸해졌다. 친구들이 웅성웅성하며, 무슨 헛
소리냐며 당황해했다. 그중에는 나와 같이 북한 체제를 비판하는
친구도 있었지만, 아무것도 모른 척, 그냥 지내는 친구들도 있었
다. 내가 취한 것 같다며, 안 들은 것으로 하겠다며 돌아가려고 하
는 친구도 있었다. 나는 내가 북한의 현실을 보고 통렬함을 느꼈
듯이 그들도 분명 뭔가 느끼는 점이 있을 것으로 판단해 도박을
했다. 나는 친구들 한 명 한 명 손을 잡고 이야기했다.

― 너희들도 꽃제비가 있다는 건 알지?
― 알지.
― 그들이 얼마나 힘들게 살고 있는 건 알지? 꽃제비는 무슨
  죄야. 그들은 무슨 죄가 있어서 그렇게 살아야 하냐고. 그
  들은 그렇게 태어나고 싶었을까? 부모를 선택할 수 있어?
  없잖아. 그럼 그들이 그렇게 살고 싶어서 사는 게 아니잖아.
  그렇게 살고 싶은 사람이 세상에 어디 있어. 우리는 뭐야?
  우리는 부모 잘 만나서 여기까지 온 것밖에 없지 않아. 그런
  데 우리는 똑같은 시간에 이렇게 비싼 걸 먹고 있고, 저 아
  이들은 저렇게 행복하게 스케이트를 타고 있는데, 누군가

는 꽃제비로 굶어 죽어가다니…. 이게 과연 옳은 거냐.

친구들이 모두 조용해졌다. 한 번 터진 입은 닫히지 않았다.

— 난 이건 옳지 않다고 생각한다. 물론 태어난 것에 따라서 혹
은 다 다르게 살 수 있지. 분명 다름은 존재해. 다름은 존재
하는데, 적당히 달라야지 이건 너무 다르지 않냐. 다 똑같
은 인간인데 이건 아닌 것 같다.

나는 내가 유학 생활을 하며 보고 느끼고 생각한 것들을 다
풀어냈다. 나와 같이 우는 친구도 있었다. 그중 친구 한 명이 "그래
서 우리가 뭘 할 수 있는데?"라며 내 눈길을 외면하며 말했다.

— 야, 인마. 뭘 할 수 있긴. 지금 이 자리에서 일어나는 것만으
로도 우리가 할 수 있는 거다. 지금 이 자리에서 일어나서
각자로 돌아가서 공부하자. 뭐가 어디서부터 어떻게 잘못
됐는지는 알아야 할 거 아니야. 너희 모두 엘리트라며. 너희
모두 공부 잘했다며. 북한으로 돌아가서 한자리씩 할 거라
며. 우리가 북한으로 돌아가서 무언가 책임지는 위치에 올
랐을 때도 지금과 똑같은 생각으로 나라를 이끈다면 뭐가
달라지냐. 그러면 우리는 이렇게 영원히 잘살고, 그 사람들

은 영원히 그렇게 사는 게 과연 옳은 거냐. 우리는 지금 공부를 할 때지, 이렇게 호화롭게 방탕한 생활을 하는 것은 아닌 것 같아.

— 어떤 공부를 하잔 말이야?

친구가 되물었다. 순간, 타이밍이라는 생각이 들었다.

— 이렇게 된 거 차라리 우리 일주일에 한 번씩 모여 공부하지 않을래?
— 좋아.

유학생들 내부에서 변화가 일어나는 순간이었다.

비로소
깨닫게 된
것들

유학생들은 매주 토요일마다 대사관에 모여 '생활총화'라는 모임을 한다. 생활총화란 북한 주민들이 개인이 소속된 직장이나 단체에서 한 주의 업무와 생활을 반성하는 모임으로, 북한 주민을 통제하는 수단으로 활용하고 있다. 생활총화에서는 자기 자신을 비판하는 '자아비판(자기비판)'과 타인을 비판하는 '상호비판'을 반드시 해야 한다. 유학생들도 대사관에 모여 매주 있었던 일과 만난 사람에 대해 상세히 보고해야 했다. 철저한 상호 감시하에 유학생들의 돌발 행동을 막으려는 장치였다.

유학생들은 대사관에 갈 때 왼쪽 가슴에 반드시 김일성 초상화를 달아야 한다. 초기 한두 달은 나를 제외하고 유학생 대부분이 규칙을 준수했고, 대사관의 요구사항에서 벗어나는 일탈 행위는 일절 하지 않았다. 그러나 시간이 흐르고 초기의 긴장이 풀리자 아무도 이를 지키지 않았다. 대사관 후문에 도착해 택시에서 내릴 무렵에야 서둘러 초상화를 달았고, 급기야 일 년이 지난 시점에는 아무도 달지 않았다. 초상화를 달지 않는 것에 대해 문제를 제기하는 사람 역시 드물었다. 대사관에 들어가면 어느 방이든 김씨 부자의 초상화가 걸려 있다. 솔직히 예전에는 초상화를 보면 존경하는 마음이 들었다. 그런데 어느 순간부터 초상화를 보면 증오심이 끓어올랐다. 가슴속에 불길이 솟아올랐다.

북한 유학생들은 베이징에서의 체류 생활이 길어질수록 자신들이 북한에서 왔다는 사실을 밝히는 것을 꺼렸다. 택시를 타도 한국에서 온 유학생이라고 거짓말을 했고, 중국어를 유창하게 구사할 수 있게 된 뒤에는 조선족이라고 말하기도 했다. 나만 특별한 것은 아니었다. 북한 유학생이라면 누구나 나와 비슷한 감정을 느꼈을 것이라고 확신했다.

북한의 20대 중에는 해외 레스토랑에서 근무하고 싶어 하는 여성이 많다. 일반인들이 해외에 나갈 수 있는 거의 유일한 길이기 때문이다. 그런데 막상 레스토랑에서 일하다 보면 정당한 월급도 제대로 받지 못할 뿐만 아니라 손님에게 받은 팁도 매니저에게 빼앗기고, 보위부가 검열하면서 또 뜯어가는 다중의 착취 구조 속에서 살게 된다. 완벽한 통제 속에서 기숙사와 레스토랑만 오가고, 사장이 시키면 일 대 일로 손님들과도 만나야 한다. 해외라고 해도 자유가 전혀 없고, 곳곳에서 인권 침해가 일어나고 있다. 북한 레스토랑 사장의 아들인 친구는 위험을 무릅쓰고 종업원들에게 '너희들의 상황은 불합리하다'고 알렸다고 했다.

한 친구는 생활총화에서 자아비판을 하는 도중 "아무리 생각해봐도 이번 주는 내가 뭘 잘못했는지 모르겠다"며 폭탄선언을 한 적이 있다. 사람이 매주 잘못을 저지르는 것은 아니다. 그런데 북한의 체제는 생활총화를 위해 매주 잘못을 저질러야 하는 이상한 구조다. 사람이 어떻게 매주 잘못을 하는가. 평범하게 넘어가는 주도 있을 것이다. 그런데 자아비판을 계속 강요하다 보니 스트레스를 받다 폭발한 것이다. 그는 평소 북한 체제의 모순에 대해 토론할 때 열정적으로 참여하던 친구였다. 그는 북송당하지 않기 위해 3개월 동안 집중 비판을 당하고 나서야 살아남았다. 그를 살리기 위해 마음에도 없는 비판을 할 수밖에 없었던 우리의 마음은 또 어떠했겠는가. 힘듦을 넘어 참담한 심정이었다.

또 한 친구는 생활총화를 할 때 제출해야 하는 기록지를 내지 않는 소심한 반항을 시도했다. 생활총화에서는 발표뿐만 아니라 그 주 자신이 어떤 행동을 했고, 김일성의 어떤 말을 인용했는지 기록하고 검열을 받아야 한다. 그는 쓴 것을 잃어버렸다며 백지를 냈다. 하지만 우리는 알고 있었다. 그 친구가 단 한 자도 쓰지 않았다는 것을. 우리는 모두 아팠다. 분노를 표출하고 싶은데 방법이 없었다. 모르는 척 시키는 대로 하고 사는 것밖에 할 수 없는 것이 너무나 힘들었다.

마음을 하나로 뭉친 우리는 독서회를 결성했다. 매주 토요일, 대사관에서 열리는 생활총화에 참여한 후 점심을 먹는다는 이유로 다 같이 모였다. 모임의 목적은 책을 읽는 것이었다. 북한의 현실을 자각하고, 그 변화의 방향은 어떠해야 하며, 우리가 그 변화를 위해 할 수 있는 것이 무엇인지 알기 위해 정치와 민주주의, 한국과 중국의 역사 등 북한이 금지한 도서들을 탐독하기 시작했다.

우리가 제일 먼저 읽었던 것은 플라톤의 《국가론》과 마키아벨리의 《군주론》, 장 자크 루소의 《사회계약론》 등이었다. 국가란 무엇인지, 국가의 역할이 무엇인지를 알고, 독재자를 이해하기 위해서였다. 존 스튜어트 밀의 《자유론》과 탈북민 역사상 가장 최고위급 탈북자인 황장엽의 회고록 《나는 역사의 진리를 보았다》도 읽었다. 김정일의 사고방식을 이해하기 위해 한국의 주요 일간지에 실린 북한 기사를 모아서 프린트한 다음 친구들과 돌려가면서 읽기도 했다.

우리가 세웠던 목표는 명확했다. 유학을 마치고 북한으로 돌아가 각자의 자리에서 권력을 잡게 되면 서서히 세력을 형성해 김정일 체제에 대항한 다음 독재정권을 끝장내고 민주주의를 세우는 것이었다. 그리고 북한의 사회주의, 계획경제 시스템을 시장경제 시스템으로 바꾸고, 더 나아가서 한국과 통일을 논의하자는 것이었다.

《사회계약론》은 철학을 조금이라도 공부한 사람이라면 대학 1학년 때 교양 과목으로 들을 수 있을 그런 책이었지만, 우리에게는 그것조차 너무 소중했고, 이런 배움의 기회가 있다는 것이 너무 좋았다. 우리는 밑줄을 쳐가면서 책을 집어삼킬 듯 정말 열심히 공부했고, 공부하면 할수록 북한이라는 체제가 깊이를 가늠할 수 없을 정도로 썩어 빠졌다는 것을 알 수 있었다.

독서회 친구들 모두가 분노했다. 누가 시키지 않아도 친구를 찾아 "너는 정말 이게 맞다고 생각하느냐"며 한 사람 한 사람을 설득하면서 독서회 회원을 늘려나갔다. 일 년 가까이 모임을 유지하며 나와 친구들은 정말 많이 울었다. 탈북민 꽃제비를 다룬 다큐멘터리를 보면서 펑펑 울었고, 정치범수용소의 현실을 다룬 다큐멘터리를 보며 분노했다.

읽기만 해서는 안 된다고 생각한 우리들은 다양한 활동도 벌였다. 토론할 수 있는 상대를 찾아서 한국과 북한의 정치에 대해 토론을 벌이기도 했고, 유엔난민고등판무관실에 메일을 보내 중국에서 불법으로 체류하고 있는 북한 여성들의 인권의 열악함을 알리고, 유엔이 이 문제에 대해 책임의식을 갖고 중국 정부를 압박해 해결해야 한다는 메일을 보내기도 했다. 한국의 언론사에 편지를 보내서 북한의 민주주의를 원하는 유학생들이 있다는 존재를 알리기도 했다. 다음은 당시 독서회 친구들과 함께 언론사에 보낸 편지이다.

저는 북한 사람입니다.

하지만 북한의 3대 세습을 반대하고 너무나 잔인스러운 독재 체제를 간절히 반대하는 한 사람입니다.

저는 어립니다. 그러나 우리 북조선이 세상 사람들에게 어떤 모습으로 비추어지는지 깨닫고 보이지 않는 철의 장막에 철저히 둘러싸인 우리나라를 보면서 너무 가슴이 아픕니다. 다른 세상이 있음을 모른 채 이것이 자신들의 운명이라고 생각하는 정말 착한 우리나라 사람들.

왜 우리는 이렇게 살아야 할까요? 조물주는 왜 우리를 이런 모습으로 세상에 내보냈을까요? 저는 우리를 이렇게 만든 사람들을 용서하지 않을 것입니다. 지금 제가 가진 것은 아무것도 없고 할 수 있는 것도 없습니다. 하지만 뭐라도 해보려고요.

나와 같은 생각, 나와 같은 울분을 가진 사람들을 모아 뭉쳐야겠습니다. 사람은 태산에 걸려 넘어지는 게 아니라 발밑의 작은 돌에 걸려 넘어진다고 배웠습니다. 그 작은 돌이 되어야겠죠. 세상이 나를 역적이라고 욕해도 말이에요.

우리가 살아 숨 쉬는 것으로부터 눈을 감는 모든 것은 백두산 3대 장군의 분에 넘치는 사랑과 배려에 의해서라고 합니다. 굶어서 눈을 감는 사람들이 과연 마지막에도 나라 만세를 외칠까요? 자식에게 먹일 것이 없어 울분을 삼키는 부모는 누구를 탓해야 하나요. 저는 이런 현실이 너무나 안타깝고 분통합니다.

얼마 전에 고위직에 있는 어른 한 분이 제게 이러더군요. 우리나라의 현실에 대한 안타까움을 털어놓자 너처럼 어린 게 뭘 안다고, 괜한 짓 하지 말고 우린 그냥 우리만 잘되면 된다고 하더군요.

저는 그 말을 듣고 격분을 금할 수 없었습니다. 너도나도 다 그렇게 생각하면 도대체 누가 이 나라를 살립니까! 현실을 아는 사람들도 눈 감고 자신의 안위만 살피면 우리 사람들은 누가 살리나요.

권력의 위정자들 때문에 우리나라가 이렇게까지 망가졌는데 언제까지 구경만 하고 있을 수는 없는 것 아닙니까. 저라도 나서 뭐라도 해야겠다고 생각했습니다.

저는 이제 압니다.

김정일 김정은은 우리가 충성을 다 바쳐야 하는 인물이 아니라 우리나라를 이 지경에 이르게 한 장본인이며 100년 200년 후의 력사책에는 력사의 죄인, 민족의 죄인으로 씌여질 것이라는 것을 똑똑히 알고 있습니다.

독풀의 줄기를 자른다고 그 줄기에서 민들레가 피는 게 아니죠. 뿌리 뽑아 없애고 민들레를 심어야 민들레가 필 수 있죠.

저들은 이런 저를 반역자라고 부를 것입니다. 하지만 저는 우리 나라를 너무나 사랑합니다. 제가 가는 길은 나라를 살리는 길이 며 조국을 살리는 길입니다. 저로 인해 우리 가족과 친구들이 피 해를 입는다 해도 저는 내 나라를 위해 싸우겠습니다.

힘이 닿는 곳까지, 내가 눈 감는 마지막까지 이 길을 가겠습니다. 너무나 철저히 속고 있는 우리 사람들에게 진실을 알리겠습니다.

여러분도 알아주세요. 북조선에 이런 아이가 있다는 것을. 또한 나와 뜻을 뭉친 사람들이 적지만 있다는 것을.

우리는 어렸고, 어설펐다. 처음부터 끝까지 모든 것이 서툴렀 다. 체계적이지 못했고, 앞을 볼 줄 몰랐으며, 의욕만 앞섰다. 편지 도 쓰면 안 되는 것이었지만, 그렇게라도 북한의 현실을 세상에 알리고 싶었다. 우리를 도와달라, 여론을 만들어달라고 세상을 향해 외칠 수밖에 없었다. 중국뿐만 아니라 러시아나 동남아시아 등 다른 나라에 있는 유학생도 분명히 우리와 같은 생각일 것이고, 뭉치면 힘이 될 것이라고 생각했다. 우리는 우리가 진실을 알고 있고, 앞으로 미래가 창창한 20대라는 사실이 희망이라고 믿었다. 하지만 이 편지가 결국 우리의 발목을 잡았다.

아버지와의
갈등

아주 어렸을 적 어머니 몰래 동년배의 꽃제비를 집에 데리고
간 적이 있었다. 다 먹은 아이스크림을 자꾸 달라며 구걸해 새것
을 주려고 집으로 데리고 갔다. 집에는 밥 약간과 어머니가 상했
다며 버리려고 한쪽 구석에 놓아둔 반찬이 남아 있었다. 꽃제비는
상한 것도 괜찮다고 해 밥과 반찬을 비닐봉지에 싸서 주었다. 그
는 너무 행복해하며 돌아갔다. 그가 돌아간 뒤 나는 문 뒤에 숨어
펑펑 울었다. 너무 불쌍했다. 그 꽃제비는 신발도 없는 맨발이었
다. 어머니에게 물었다. 다 똑같은 사람인데 왜 저들은 저렇게 살
아야 하냐고. 어머니는 아무런 답을 하지 못하셨다.

우리는 부끄러웠다. 좋은 집안에서 태어났다는 이유만으로
아무나 누릴 수 없는 유학을 하고 베이징의 대형 쇼핑몰을 누빌
때 누군가는 아사로 부모를 잃고 국가로부터 버림받은 채 시장 바
닥을 헤맨다. 정권에 충성한 대가로 우리는 특권을 누리지만, 평

범한 절대다수의 사람들은 권력이 없기에, 좋은 부모가 없기에 죽지 못해 살고 있다.

유학생 대부분은 비슷한 변화 과정을 겪는다. 인터넷을 쉽게 접하고, 별다른 통제 없이 한국 드라마와 영화를 즐길 수 있다. 중국으로 유학 온 다른 나라의 친구들과 교류하고 친분을 쌓는다. 북한에서는 절대 할 수 없는 경험과 만남을 반복하다 보면 북한 사람이라면 결코 접근할 수 없는 민감한 정보를 접하게 된다. 그 정보란 김정일에게 아내가 다섯 명이 있다는 것, 김씨 일가 대부분은 해외 유학을 한다는 것, 수백만의 북한 주민이 굶어 죽었던 고난의 행군 시기에 김정일은 수백만 불의 코냑과 와인을 소비했다는 것 등 상상을 초월하는 것들이다.

다들 처음에는 이런 정보를 믿지 않거나 강한 거부반응을 보인다. 나도 그랬다. 우리 사회주의 공화국을 무너뜨리기 위한 제국주의자들의 선동으로 치부했다. 어찌 보면 그렇게 생각하도록 평생 교육받은 사람들이다 보니 외부 정보에 거부감을 느끼는 것도 당연하다. 그러나 그 정보가 사실이 아니라고 주장하고 싶어 사실관계를 파고들면 파고들수록 더 큰 진실이 기다리고 있을 뿐이다. 혼란스럽고, 이런 사실을 알아버린 것이 두렵다. 제대로 된 민주주의란 어떤 것인지, 인권이란 무엇이고 자유란 무엇인지 알아갈수록 새로운 지식에 대한 흥분과 공포가 공조한다. 이 지점에서 유학생들은 둘로 나뉜다. 모든 것을 무시하고 처음부터 몰랐던 척

과거로 돌아가거나 새로운 진실 앞에 절망하고 분노하며 북한 체제를 향해 울분을 토해내거나.

나는 후자를 택했다. 나는 이 모든 것을 알고도 그냥 모른 척 넘어갈 자신이 없었다. 체제의 모순에 대한 의문이 하나둘 풀릴 때마다 나라를 이 지경으로 만든 이들에 대한 원망과 분노가 고스란히 쌓였다. 사실 후자를 선택하는 사람들은 그리 많지 않다. 잠시 눈 감으면 아무 일 없이 모든 것이 지나간다. 중국에서 유학을 마치고 북한으로 돌아가면 멋진 미래가 기다리고 있다. 정권의 비위만 잘 맞추면 영원히 고위층으로서 풍족한 삶을 영위할 수 있다. 후자를 택한다면 평생을 두려움 속에서 살아가야 한다. 언제 발각될지 모른다는 두려움, 가족에 대한 걱정, 정치범수용소로 끌려가거나 총살당할 수 있다는 공포가 항상 따라다닐 것이다.

북한의 기성세대 또한 크게 다르지 않다. 아버지의 친구 중 국제태권도연맹 총재를 역임하고, 국제올림픽위원회IOC 명예위원까지 지낸 장웅 총재가 있다. 장웅 총재는 IOC 위원이라 가족 모두가 해외에서 살고 있는, 특권층 중에서도 최상 특권층이다.

베이징에서 장웅 총재를 만나 식사를 한 적이 있다. 나는 밥을 먹다 말고 북한 체제에 대해 비판하기 시작했다. 국가가 국가로서 역할을 못 하고, 모범이 되어야 하는 지도자가 전혀 그렇지 못하다. 내가 알고 있는 것이 모두 사실이라면 이들은 모두 총살감이다. 국민을 굶겨 죽인 대량 학살의 책임이 있다고 강하게 이야기했다. 아저씨 역시 잘살 수 있었던 것은 좋은 집안에서 태어난 배경 때문이다. 그런 배경이 없는 사람들은 왜 거지처럼 살아야 하는지, 도대체 그런 논리는 누가 만든 것이냐며 따지듯 물었다.

장웅 총재는 내가 이야기하는 동안 그릇에만 시선을 고정한 채 고개를 들지 않았다. 수저를 든 그의 손이 미묘하게 떨렸다. 나는 해외에 몇 번 왔다 갔다 한 사람이면 다 알지 않느냐, 이걸 모르는 척하는 것은 죄라며 몰아붙였다. 장웅 총재는 잘못된 것은 알지만, 괜히 중뿔나게 나섰다가 멸문지화당할 수 있으니 나서지 말라며 나를 제지했다. 또 그런 일을 할 사람은 따로 있다고도 했다. 나는 이해할 수 없었다. 현실을 깨닫고, 잘못되었다고 느낀 사람이 목소리를 높이지 않으면 누가 한단 말인가. 아버지 또한 장웅 총재와 별반 다르지 않았다.

유학생은 일 년에 한 번씩 북한으로 돌아가 사상 재교육을 받아야 한다. 2010년 상하이 엑스포에 참석했던 학생들은 북송을 면제받아 2011년 8월 방학이 되어 북한에 들어갔다. 일 년 반 만에 평양으로 돌아간 셈이었다. 당시 나는 북한 체제에 대해서 실망할 만큼 실망한 상태였지만, 친구만큼은 예외였다. 대학 동기들이 보고 싶어 김일성종합대학을 찾아갔다.

북한은 조직 생활을 하기 때문에 대학생들은 방학에도 학교에 간다. 그런데 아무도 없었다. 무슨 일인가 했더니 다들 건설 현장에 나가 있었다. 당시 북한은 2007년 김정일의 지시로 시작된 대규모 국가사업인 '10만 세대 살림집 건설'을 진행 중이었다. 10만 세대면 하나의 신도시가 세워지는 정도의 규모다. 한국은 10만 세대를 건설하면 중장비를 동원해서 공사하지만, 북한은 100퍼센트 사람의 노동력으로 한다. 일반 건설자들로는 노동력이 충당되지 않아 대학생까지 동원한 것이었다. 북한에서 대학생을 건설 현장에 동원하는 것은 흔한 일이다. 그렇지만 김일성종합대학생이 동원되는 일은 없었다. 김일성종합대학생은 늘 예외였다. 그들이 고위 간부의 자제이기도 하지만, 그보다 더 중요한 것은 졸업하면 바로 북한 당국의 고위직으로 배정받을 학생들이기 때문에 이들만큼은 교육 과정에 누수가 없어야 한다고 해서 김일성종합대학생들은 아무 곳에도 내보내지 않는다. 심지어 농촌 동원도 보내지 않는다. 그런데 이들까지 동원이 된 것이다.

건설 현장을 찾아갔다. 친구들은 일반 건설자처럼 보였다. 노동자를 비하하는 것이 아니다. 단지 펜을 들고 있어야 할 친구들이 망치와 톱을 들고 있는 모습을 보니 어울리지 않는 옷을 입고 있는 것 같았다. 총명함을 잃고 왜 그곳에서 일해야 하는지도 모른 채 풀이 죽어서 수동적으로 일하고 있는 모습을 보니 너무 마음이 아팠다.

국가가 정한 목표는 일관적이고, 예측 가능해야 하며, 여러 면에서 공감을 불러일으킬 수 있어야 한다. 그런데 10만 세대 살림집 건설은 누구를 위한 것인지도 모르겠고, 집을 지어도 그 혜택이 대학생들에게 돌아가는 것도 아니었다. 어떤 보상도 없는 100퍼센트 노동력 착취, 대학생을 노예로 쓰는 북한이 어디서부터 어디까지 썩었는지 알 수가 없었다.

나는 분노에 차서 아버지에게 이야기했다. 어떻게 나라가 이럴 수 있느냐, 공부해야 하는 대학생들에게 곡괭이를 들려서 건설 현장에 보내 일을 시키냐, 백 보 양보해서 일을 시키는 것까지는 이해한다고 치자, 그런데 강제로 동원된 친구들에게 아무런 보상도 주지 않으면 어쩌란 말이냐, 이게 도대체 어느 나라 법이냐며 울분을 토해냈다. 조용히 내 이야기를 듣고 있던 아버지는 "넌 좀 위험하구나"라고 한마디 하셨다.

나의 아버지를 비롯한 기성세대의 마음을 이해하지 못하는 것은 아니다. 특히 아버지는 사업가이다 보니 냉정했다. 사회문제에 신경을 쓰느니, 가족이 잘살 수 있도록 돈을 버는 데 신경을 쓰겠다는 주의자셨다. 가장이다 보니 그럴 수 있다. 아버지는 이미 가진 게 많고 잃을 게 많으니까, 아까울 수 있다. 하지만, 나는 어렸고, 가진 것도 딱히 없었다. 나는 그동안 기회가 있을 때마다 아버지에게 내 생각이 어떻게 변하고 있는지를 말씀드렸다. 그때마다 아버지는 "쓸데없는 생각하지 말라"며 대화를 끊어버리셨다. 하지만 아버지도 설득하지 못한다면 누구를 설득할 수 있을까. 나는 그런 생각으로 계속 아버지를 설득했다. 그러나 그 벽은 너무

높았다. 결국 아버지는 내게 조직 생활이 필요한 것 같다며 나를 2인 1조로 지내야 하는 국비 유학생 기숙사에 강제로 보내셨다. 중국으로 돌아온 나는 아버지의 명을 거역하고 곧바로 1인실로 방을 바꿔버렸다. 반항심에 차서 했던 행동이 내 목숨을 살리게 될 줄은 꿈에도 모른 채.

김정일이 죽다,
탈북을 시도하다

2011년 12월 17일, 김정일이 죽었다. 갑작스러운 죽음이었다. 세상을 변화시킬 수 있다는 믿음으로 일 년여를 열심히 공부하던 우리는 김정일의 사망 소식을 접하고 모두 환호했다. 김정은은 우리와 같은 유학생이므로 지도자로서 깨달은 바가 있지 않을까 하는 일말의 기대감도 있었다. 독서회 친구들뿐만 아니라 유학생 대부분이 들떠 있었다. 신이 난 우리는 베이징에 마련된 김정일 장례식장에 몰려가기도 했다.

우리는 순진했다. 김정일이 죽자 상황은 오히려 살벌해졌다. 북한 당국은 동요하는 사람들이 생길 수 있고 한국이나 미국으로 망명을 시도하는 유학생이 있을 수 있다고 판단해 선양瀋陽, 단둥丹東 등 북한 유학생이 많은 지역과 국경에 보위부 요원들을 대거 파견해 집중적으로 감시하기 시작했다. 유학생 한 명은 일본인과 점심을 먹었다는 이유로 조사를 받다가 평양으로 불려 들어갔다.

독서회도 감시를 받기 시작했다. 사소한 것 하나라도 걸리면 곧바로 잡혀갈지도 모르는 일촉즉발의 시간이었다. 면밀하지 못했던 우리는 하나둘씩 꼬리가 잡혔고, 결국 한 친구가 걸려서 보위부로 끌려갔다. 보위부가 친구의 집을 급습했는데, 우리가 읽던 《자유론》이 발각된 것이다. 《자유론》은 독서회 친구끼리 돌려 읽던 책이어서 여러 사람의 필적이 남아 있었다. 불행 중 다행이라고 해야 할까. 아무것도 모르고 있던 그 친구의 부모님이 "도대체 너희들 무슨 짓을 한 거냐?"며 연락을 했고, 우리는 위기가 닥쳤음을 미리 알 수 있었다. 친구가 보위부에 끌려간 이상, 독서회 회원의 이름을 불지 않으리라는 보장이 없었다. 톈진에 있던 친구도, 단둥에 있던 친구도 줄줄이 북송을 당했다. 다음은 나일지도 모른다는 두려움에 휩싸여 있던 중 북한 대사관에서 전화가 왔다.

— 금혁아, 너 비자를 연장해야 하는데, 문제가 좀 생겼어. 네가 중국어를 잘하니까 대사관에 들어와서 직접 해결해.

내용상으로는 전혀 이상할 것이 없었다. 문제는 내가 2주 전 비자를 연장했고, 대사관에 보고까지 끝냈다는 점이었다. "네, 알겠습니다"라고 답하고 전화를 끊은 뒤 나는 그대로 휴대전화를 부숴버렸다. 북한으로 돌아가 미래를 도모하겠다는 계획은 접어야 했다. 일단 살아야겠다는 생각에 입던 옷가지 몇 개와 문제가 되는 책을 대충 구겨 넣어 급하게 캐리어를 꾸려 기숙사를 빠져나왔다. 온몸이 부들부들 떨렸다. 기숙사 문을 나서려는 순간, 아차했다. 부모님의 사진과 편지를 서랍에 두고 온 것이었다. 당시 내 방은 1층이었고, 뒤돌아서서 몇 발자국만 걸어가면 되는 거리였다. 그 거리가 천 리처럼 느껴졌다. 나는 공포에 되돌아가지 못하고, 그대로 기숙사를 빠져나갔다. 그때 부모님의 사진과 편지를 챙기지 못한 것은 지금도 땅을 칠 정도로 후회스럽다. 만약 내가 방으로 돌아갔다면 보위부에 잡혔을 수도 있다. 당시 나는 아버지의 명을 거역하고 기숙사 방을 바꾼 상태였고, 대사관에 그 사실을 보고하지 않았다. 추측건대, 아마 아버지가 지정했던 국비 유학생의 기숙사를 먼저 급습한 것이 아니었을까 싶다.

나는 원래 탈북 계획이 없었다. 브로커가 뭔지도 몰랐고, 브로커 비용 같은 것은 더더욱 몰랐다. 한국에 아는 사람이 있는 것도 아니었고, 위기 상황에 대비해 대책을 세워둔 것도 아니었다. 우리는 평양으로 돌아가면 북한을 바꿔보겠다는 열의에 차 있는 어리고 순진한 20대였을 뿐이었다. 갑작스럽게 상황이 180도 바뀌어 북한으로 돌아간다는 것은 생각조차 할 수 없게 되었고, 어디든 가야 했다. 나는 반드시 살아남아 오늘 당한 일을 갚아주겠다며 이를 갈았다. 어렵게 대학을 빠져나와 무작정 내달렸다. 허겁지겁 택시를 타고 북한 대사관과 가장 먼 곳으로 이동한 후 핸드폰을 다시 구입했다. 그리고 한국 대사관에 연락했다.

한국 대사관은 나의 도움을 거절했다. 이미 나의 탈출 소식이 소문나서 중국 공안까지 나서서 나를 찾고 있다고 했다. 한국 대사관이 나를 도와주면 중국과 외교적인 문제가 생길 수 있으며, 우리는 제2의 황장엽 사태를 원하지 않는다고 했다. 김일성과 사돈 관계이기도 했던 황장엽은 탈북 역사상 가장 최고위급 탈북자로, 한국으로 치자면 국회의장과 유사한 직책 정도의 위치에 있던 사람이었다. 황장엽 망명 당시 미국, 중국, 한국, 북한, 일본이 모두 개입하여 치열한 외교전이 벌어졌었다. 나를 황장엽과 비교한 것은 고마운 일이지만, 20대 청년에게는 너무 가혹한 처사였다. 그래도 대사관으로 들어오고 싶으면 담을 넘어서 들어오라고 했다. 대사관을 월담하라니, 황당하기 그지없었다. 현실적으로 가능할 리가 없었다. 나중에 국정원 사람들에게서 전해 들은 바에 의하면 내 전화를 받았던 대사관 직원은 혼이 많이 났다고 했다.

한국 대사관의 도움을 포기한 나는 유엔에 연락했다. 독서회 모임을 하면서 가끔 유엔과 연락을 주고받은 것이 쓰임이 있었다. 유엔에서는 미국 망명을 요청하는 사람이 많아 3개월은 기다려야 한다고 했다. 내겐 3개월을 도망 다닐 돈도 숨을 곳도 마땅찮았다. 신용카드는 쓸 수 없었고, 수중에 현금도 얼마 없었다. 북한에서는 호텔, 버스터미널, 공항, 기차역, 왕징望京의 찜질방까지 보위부 요원을 풀어 나를 찾고 있었다. 유엔에 돈을 좀 보내줄 수 있느냐고 물었지만, 단칼에 거절당했다.

일단 한인타운으로 갔다. 아무나 붙잡고 부탁해야겠다는 생각으로 내게 가장 익숙한 왕징으로 갔다. 절박했지만, 누구의 손을 잡아야 할지 알 수가 없었다. 약국, 병원, 식당, 노래방 등 한국인이 운영하는 곳이란 곳은 모두 찾아가 문을 두드렸지만, 전부 문전박대당했다. 그러다 한인 교회에 생각이 미쳤다. 교회에는 사람이 많이 모이니 접촉할 기회도 많을 것 같았다. 교회는 일요일에만 문을 여니 이마저도 쉽지 않았다.

일주일에 두세 군데의 교회를 찾아가 도움을 부탁했지만, 모두 거절당했다. 한국에서 구조 활동을 한다는 한 목사님은 내가 지명 수배 중이라 나를 도와주는 사람의 목숨도 위험하다며 거절했다. 나는 절박했지만, 나를 돕겠다는 사람은 없었다. 여덟 번째 교회에서 거절당했고, 돈은 거의 다 떨어졌다. 아홉 번째 교회가 있었지만, 똑같은 이유로 나를 거절할 것이라는 절망감이 나를 엄습했다.

비싼 옷을 입고 있었지만, 돈이 없었다. 내 몸집보다 큰 캐리어를 질질 끌고 있는 내 몰골은 참담했다. 주머니에는 36위안, 한국 돈으로 1만 원 정도가 남아 있었다. 1만 원으로 며칠을 더 버틸 수 있을지 알 수 없었다.

첫 사흘은 PC방이 있는 사우나에 머물렀지만, 계속 있기에는 너무 비쌌다. 결국 사우나를 나와 거리를 헤매기 시작했다. 공원의 벤치에서 노숙도 시도해보았지만, 2월의 베이징은 비정할 만큼 추웠다. 구조 요청 메일을 보냈지만, 담당자들은 메일을 열지조차 않았다. 한국 대사관 앞에서 노숙도 해봤다. 들어갈 수 있는 개구멍이 있는지 찾아보았지만, 허사였다. 건물 상가 안 화장실에 숨어 있다가 한밤중에 빠져나와 아무 식당에나 들어가 의자를 이어 붙여 자다가 사람들이 출근하기 전 몰래 빠져나온 적도 있었다. 이것저것 가릴 형편이 아니었다. 살아남아야겠다는 생각밖에 없었다. 하지만 그것도 끝이었다. 더는 어디에 숨어야 할지 모르겠고, 계속 거절을 당하다 보니 심신이 모두 지쳐 있었다. 자력으로 중국을 빠져나오는 건 불가능했고, 나는 자포자기 상태였다.

죽음을 생각했다. 검색해보니 추락사가 가장 고통이 적다고 나왔다. 높은 빌딩을 찾았다. 죽기 전 상징적으로 북한 민주화를 위해 한 번쯤은 외치고 죽어야겠다고 생각했다. 그 길밖에는 방법이 떠오르지 않았다. 여기서 항복하고 북한 대사관으로 돌아간다는 것은 상상조차 할 수 없는 일이었다. 어차피 북송당하면 죽을 목숨이었다.

모든 것을 내려놓자 마음이 홀가분해졌다. 최후의 만찬이 떠올랐다. 이제 마지막이라는 생각에 맛있는 거라도 먹고 죽어야겠다 싶어 평소 좋아하던 피자 가게로 터벅터벅 발길을 옮겼다.

드디어
도착한
인천공항

당시 중국의 피자헛에서 파는 조각 피자의 가격은 5위안 정도였다. 한 조각만 먹어도 허기는 어느 정도 면할 수 있었다. 조각 피자라도 먹고 배를 채우려고 의자에 앉았다. 그 순간, 앞 테이블에 한국인으로 보이는 두 명과 눈이 딱 마주쳤다. 나는 무언가에 끌리듯 벌떡 일어나서 그들에게로 갔다.

— 안녕하세요. 저는 북한에서 온 유학생 김금혁이라고 합니다. 한국에 가고 싶은데, 제게 도움을 줄 수 있나요? 한인 교회를 찾아가 부탁했는데 다 거절당했습니다. 하나님을 믿고 좋은 일을 하신다는 분들이 어떻게 그럴 수 있는지 모르겠습니다. 만약 지금 저를 도와주지 않으면 저는 이곳을 나가 죽을 겁니다. 그럼 아저씨들은 북한 민주화를 위해 싸운 학생 한 명을 죽이는 겁니다. 한민족인데, 도와줄 수 있

는 것 아닌가요?

　이미 수많은 거절을 당했던 터라 한 번 더 거절당한들 무슨 대수인가라는 생각에 아무 말이나 쏟아냈다. 그분들은 북한에도 유학생이 있냐며, 나를 미덥지 않아 하는 눈치였다. 나는 절박한 마음에 여권을 꺼내 들고 북한 유학생이 맞다, 거짓말이 아니라며 애원했다.

　그중 한 명이 "자네는 내가 누군 줄 알고 그런 도움을 청하나?"라고 물었다. 내가 "다른 건 모르겠고, 한국인이라는 건 알겠습니다. 인지상정으로 도와줄 수 있는 거 아닌가요?"라고 하자 "거참, 맹랑한 친구일세"라며 "자네 정말 내가 누군지 모르고 물어보는 것 맞나?"라며 재차 물었다. "아저씨를 처음 봤는데 누군지 어떻게 압니까?"라고 하자 그 옆에 있던 사람이 너털웃음을 터트렸다. "자네, 아홉 번째 교회는 왜 안 왔나?"라며 아저씨가 의미심장한 미소를 지으며 내게 물었다.

　사실 아홉 번째 교회는 상가 중 한 층을 빌려 쓰는, 개척 교회처럼 규모가 아주 작은 곳이었다. 큰 교회도 나를 받아주지 않는데, 작은 교회에서 나를 받아줄까 싶었다. 그분은 본인이 그 아홉 번째 교회 목사이며, 자신이 한국과 연락해 방법을 찾아보겠다며 기다려줄 수 있느냐고 물었다. 묵을 곳도 없고 보위부에 쫓기고 있다고 하자 나를 교회에 데리고 가 자신의 사무실을 내어 주었다. 목사님은 내게 쉬고 있으라고 말한 뒤 어디론가 외출했다. 문을 걸어 잠근 채.

문이 잠기는 소리를 듣는 순간, 너무 무서웠다. 잘못 걸린 게 아닌가 덜컥 겁이 났다. 당시 나는 아무도 믿을 수 없었다. 목사님이 오기 전까지 별의별 생각을 하며, 싸움에 도움이 될 만한 도구를 찾고 있었다.

3시간 후 목사님은 국정원 요원 한 명을 데리고 나타났다. 국정원 요원은 내가 정말 김일성종합대학 출신이 맞는지, 왜 탈북하려고 하는지 심문하듯 물어보았다. 나는 목숨을 걸고 이 자리에 있다. 왜 사람에게 장난을 치느냐, 이럴 거면 나가겠다며 화를 냈다. 그제야 그는 내게 옷부터 바꿔 입고, 헤어스타일도 바꿔야 한다며 필요한 사항을 알려주기 시작했다.

그렇게 나는 3주 정도를 떠돌다 구사일생으로 목사를 만나 목숨을 건졌다. 그렇지만, 한국으로 가기 위해서는 여권을 만들고, 신분을 위장하고, 머리를 자르고 염색을 하는 등 또다시 긴 시간을 보내야만 했다.

한 달 후 모든 준비가 완료되어 베이징서우두국제공항의 택시 정류장에 도착했다. 공항까지 나를 배웅 나온 목사님은 "하나님을 믿는지 안 믿는지는 모르겠지만, 하나님은 자네를 향한 계획이 있으시니까 언제든지 그 말을 믿고 가라"며 나를 응원해주고 떠나셨다.

공항 내에는 북한의 보위부 요원으로 보이는 사람들이 진을 치고 있었다. 보디가드를 하던 요원들이 나를 안심시키려 했지만, 숨을 쉬기 어려울 정도로 긴장이 되었다. 출국 절차를 밟기 시작했다. 북한이 중국에 손을 써서 공항에서 잡혀갈지도 모른다는 두려움이 온몸을 휘감았다. 여권을 내미는 손이 부들부들 떨렸다. 검색대 사람들이 모두 나만 보는 것 같았다. 요원의 센스로 출국 검사대를 무사히 빠져나올 수 있었지만, 내 안의 공포는 쉽사리 가라앉지 않았다.

나는 뒤도 돌아보지 않고 출국 게이트 앞으로 뛰어가 맨 앞자리에 쪼그리고 앉았다. 당장이라도 보위부가 나타나 나를 끌고 갈 것 같았다. 국정원 요원이 "이제는 갈 수 있다"라며 "비행기 기내식, 진짜 맛있다"고 장난스럽게 말을 걸었지만, 내 귀에는 아무것도 들리지 않았다. 드디어 비행기 탑승 안내 방송이 나왔고, 게이트를 통과했다. 게이트를 지나 통로를 따라가자 그 끝에 한국 승무원이 나를 반기며 "어서 오십시오"라고 인사했다. 그들을 보는 순간, 이제 살았다는 안도감이 온몸을 휘감으며 다리에 힘이 풀렸다. 눈물이 차올랐다.

2012년 3월 27일 저녁, 비행기가 서서히 인천공항에 내려앉기 시작했다. 인생의 제2막이 시작된다는 사실이 실감 났다. 이제 나는 비행기를 타기 전과 후, 완전히 다른 사람이 될 것이다. 비행기를 타기 전에는 북한 사람이었지만, 비행기에서 내리면 대한민국 국민으로서 발을 내딛게 된다. 앞으로 나는 어떻게 해야 할까? 부모로부터 아무런 지원을 받을 수 없고, 사회 경력도 없다. 심지어 고졸에 20대다. 아는 사람도 한 명 없다. 남한이 탈북민에 대해 배타적이라는 말도 들었다. 무엇 하나 내게 우호적이지 않은 환경으로 들어간다는 생각에 비행 내내 마음이 뒤숭숭했다.

그러다 결심했다. 뭐가 되든 열심히 하겠다. 내가 내린 선택을 후회하지 않을 정도로 열심히 하겠다고. 비행 내내 이런 생각에 빠져 있던 나는 계속 잘해야 한다, 잘해야 한다, 잘해야 한다를 반복하며 셀프 컨트롤을 했다.

내가 목사를 만난 것은 그야말로 천운이었다. 이후 알게 된 사실이지만, 그 목사님은 동북 삼성 지대에서 50여 명의 탈북민을 구출한, 탈북민 사회에서는 아주 유명한 분이었다. 목사의 도움을 받지 못하고, 대사관에서 나를 받아주었다면 북한이 나를 포기하기까지 짧게는 3~4개월, 길게는 1~2년까지 대사관에서 지내야 할 수도 있었다. 대사관이 나를 내친 것이 전화위복이라고 할까. 내겐 오히려 잘된 일이었다.

당시 내게 남아 있던 36위안 중 일부는 지금도 가지고 있다. 방송에서 목사를 만날 때 입었던 옷을 가지고 나와 달라는 요청을 받아서 가지고 나갔는데, 주머니에 손을 넣어보니 꼬깃꼬깃한 지폐가 그대로 남아 있었다. 정신이 없어 돈이 남아 있는지조차 모르고 지나간 것이다. 가끔 그 돈을 보며 생각한다. 그때처럼 열심히 살아야 한다고. 당시 북한에서 벗어나기 위해 도망치던 정신으로.

비행기가 착륙했다. 가슴이 두근거렸다. 처음 본 인천공항은 너무 크고 아름다웠다. 드디어 대한민국에 왔다는 것이 실감 나는 풍경이었다. 화려하고 아름다운 조명 아래에 수많은 사람이 자유롭지만, 질서 정연하게 오가고 있었다. 마치 영화의 한 장면처럼 나를 중심으로 사람들이 빠르게 흘러갔다.

—이곳의 중심이 되고 싶다.

인천공항을 보자마자 처음으로 느낀 감정이었다. 누군가는 나의 이런 생각이 미쳤다고 할지도 모르겠다. 하지만 화려함 속에서도 잘 정돈된 모습을 보는 순간, 이곳의 중심이 되고 싶다는 생각이 들었다.

지금의 나는 이방인이고, 아무도 내게 신경 쓰지 않는 비루한 존재다. 이제 나는 대한민국이라는 사회 속으로 하나의 점이 되어 들어간다. 지금은 하나의 점에 지나지 않지만, 언젠가는 이곳의 중심이 되고 싶다는 욕망이 강렬하게 끓어올랐다. 가슴이 뜨거워졌다. 한동안 서서 멍하게 공항을 바라보던 나는, 숨을 들이켜고 한국에서의 첫발을 뗐다.

3장

한국인으로 살아남기

하나원,
궁지에
몰리다

— 편하게 잘살던 사람이 한국에는 왜 왔어요? 혹시 간첩 아
  닙니까?

일반적으로 탈북하는 사람들은 배가 고파서, 가난해서, 북한
정부의 폭력과 통제를 견디기 어려워서 등의 이유로 한국에 온다.
나는 평양 출신이고, 김일성종합대학생이며 베이징대학에서 유학
할 정도로 아쉬울 것 하나 없는 사람인데 왜 탈북을 했냐는 것이
다. 입국 후 국정원에서 조사를 받는 내내 조사관들은 나를 의심
의 눈길로 바라보았다.

탈북민이 한국으로 넘어오면 국정원에서 약 3개월간 합동 심
문이라는 것을 받는다. 사상적으로 문제가 없는지 확인하는 과정
이다. 이후 문제가 없다고 판단되면 한국에서 적응할 수 있도록
북한이탈주민정착지원사무소, 흔히 '하나원'이라고 부르는 곳으로

가 6개월 동안 교육을 받게 된다.

— 뭘 더 좋은 걸 찾아 남으로 넘어왔나? 이 배신자!

하나원에서의 생활은 쉽지 않았다. 함께 생활했던 70여 명의 탈북민은 나를 싫어했다. 싫어했다는 말로는 부족하다. 나를 증오했던 것 같다. 탈북민은 대부분 북한의 체제하에서 극심한 고통을 받던 사람들로 목숨을 걸고 두만강을 건너거나 중국 국경을 넘어 한국으로 온 사람들이다. 나도 그들과 다를 것 없는 똑같은 처지였지만, 그들은 그렇게 생각하지 않았다.

나는 잘살았던 사람이다. 그냥 잘산 것이 아니라 특권층이었던 사람이다. 북한에 있을 때 특권층에게서 느꼈던 설움과 반발에 대한 작용으로 내가 그들의 분노의 표적이 된 것이다. 그들 눈에 나는 북한에서 누릴 수 있는 것은 다 누리다가 더 좋은 것을 찾아 조국을 등지고 한국으로 넘어온 배신자였다. 게다가 나는 어렸다. 분노를 표출하고, 짓밟기에 쉬운 대상이기도 했다.

나는 지금 평양말을 못한다. 잊어버렸다. 내가 평양말을 하면 〈사랑의 불시착〉에 나오는 현빈처럼 배워서 하는 식의 어색한 말투가 나온다. 중국에서 한국 친구들과 만나면서 표준어를 빨리 익혔다. 타고난 언어 감각도 있겠지만, 외국에서 북한 사람이 받는 처우 탓도 있었을 것이다. 나와 함께 유학했던 친구들도 어느 순간부터 "어디에서 왔어요?"라는 질문을 받으면 북한이 아닌 '한국'이라고 답했다. 조국을 사랑했지만, 사람들의 시선을 받아치는 것이 불편했기 때문이었다. 탈북 후에는 독하게 마음먹고 한국 사회에 녹아들려고 노력했던 탓도 있다.

하나원 사람들은 이런 나를 아니꼽게 바라봤다. "너는 호의호식하다가 와서 무슨 탈북민 흉내를 내느냐?", "너는 탈북민이 아니다"라는 신랄한 말로 내 가슴에 비수를 꽂았다. 특히 내 말투를 꼬투리 잡아 공격하는 경우가 많았다. "너는 너를 길러준 국가와 가족도 그렇게 일찍 배신하더니 서울말도 그렇게 빨리 따라 하냐?", "북한에서 누릴 건 다 누리고 배신하더니 한국에 와서 또 잘살아보겠다고 북한 말도 그렇게 쉽게 버리냐?", "한국 선생한테 잘보이려고 서울말 쓰는 것 아니냐?"라는 식이었다. 그들은 살기 위해 국가를 등질 수밖에 없었지만, 나는 그냥 배신자였다.

그들은 내가 왜 탈북했는지 몰랐다. 그들 관점에서 나는 생각 없는 상류층 유학생, 더 잘살고 싶어서 탈북한 사람이었다. 북한 체제에 반대하고 북한 인권을 세상에 알리려다 발각되어 한국으로 넘어왔건만, 이런 나를 설명할 기회조차 주지 않았다.

물리적 폭력이 앞섰다. 각박한 체제 속에서 살다 보니 북한 사람들의 성격이 유순한 편은 아니다. 그보다는 그들의 분노를 표출할 대상이 필요했던 것 같다. 나는 종종 끌려가서 맞기도 했고, 자다가 공격받기도 했다. 축구를 하면 내 다리만 노리는 사람도 있었고, 식당에서 발을 거는 사람도 있었다. 시도 때도 없이 협박을 받았다.

내 몸은 성한 곳이 없었다. 하나원의 모든 사람이라고는 할 수는 없지만, 많은 사람이 그들 속에 똬리를 틀고 있던 응어리를 나를 향해 터트렸다. 나는 억울했다. 저절로 배워진 말을 어떻게 하란 말인가. 나중에는 괘씸하고 오기가 생겨 더는 그들에게 나를 설명하려 하지 않았고, 하고 싶지도 않았다.

탈북민의 마음속에 있는 분노와 응어리를 잘 알고 있던 하나원 선생들은 내가 이해하라고 했지만, 어렸던 나는 이해할 수도, 참기도 어려웠다. 끌려가서 쥐도 새도 모르게 맞아 죽을지도 모른다는 두려움 때문에 매 순간이 긴장이었고, 잠도 제대로 잘 수 없었다. 중국에서 도망 다니던 편이 더 낫다는 생각이 들 지경이었다.

궁지에 몰린 내가 택한 것은 도서관행이었다. 그 상황에서 벗어나고 싶었다. 도서관의 사서를 지원했다. 사서가 되면 열람실에서 먹고 잘 수 있는 혜택이 주어졌다. 현실에서 벗어나고 싶어 도망치고자 한 궁여지책이었지만, 도서관행은 오히려 내게 전화위복이 되었다.

도서관에는 책이 넘쳐났다. 다양한 분야의 책이 보물처럼 꽂혀 있었다. 읽고 싶은 책이 없으면 한 달에 1인당 책 5권을 지원해주는 제도도 있었다. 당시 나는 한국의 근현대사 책만 구해 읽었다. 북한에서 배웠던 역사와 한국에서 가르치는 역사가 많이 다르다는 것을 알았기에 그 갭을 줄이고 싶었기 때문이었다. 지금 생각해도 그때의 선택은 탁월했다. 나중에는 도서관을 벗어나기 싫을 정도였다. 그렇게 책에 파묻혀 지내다보니 사람들이 나를 괴롭혔다는 것도 잊어버렸고, 마음에 평화도 찾아왔다. 하나원의 도서관에서 보낸 시간은 헛되지 않아 이후 대학에 입학하고 나서 1학년을 버틸 힘이 되어주었다.

하나원에서 당한 차별과 갈등은 어린 내게 쉽지 않았다. 같은 북한 출신의 고향 사람들이 마음에 상처를 줬다. 그때부터 나는 탈북민 사회와 교류를 끊고 살았다. 엮이고 싶지 않았다. 나를 배척하는 그들과 지내고 싶지 않았다. 지낼 이유도 없었다. 수많은 커뮤니티 중 하나를 잃은 것뿐이라고 생각했다. 돌아갈 곳이 없었기에 나는 더 치열하게 대한민국 커뮤니티 중심으로 들어갈 수밖에 없었다. 소속감을 느끼고 싶고, 그 속에서 인정받아야겠다는 생각으로 더 지독하게 살았다. 살아남기 위한 내 나름의 몸부림이었다.

하나원을 퇴소하고 일 년 후에 나를 힘들게 한 사람들이 자리를 만들었다. 하나원 동기 모임 자리인지 모르고 나갔던 나는 엉겁결에 그들과 마주 앉아야 했다. 그들은 내게 사과했다. 당시에는 자신들이 어리석었다고, 너를 괴롭히는 것이 아니었다고. 나는 그 자리에서 사과를 받아들인다고 했다. 그러나 내 마음의 응어리가 완전히 가신 것은 아니었다. 내가 진정으로 그들을 용서한 것은 훨씬 더, 아주 오랜 시간이 흐른 후였다.

재활용센터에서
찾은 희망

— 금혁 씨, 김치 필요하면 연락해.

2012년 9월 7일, 하나원을 나왔다. 나를 임대주택에 데려다준 담당자는 상투적인 멘트만 남기고 사라졌다. 온기라고는 눈을 씻고 찾아볼 수도 없는, 9평 남짓한 집에는 비닐에 싸인 이불과 베개 세트만 달랑 있었다. 요도 없었다. 내 눈에는 텅 빈 콘크리트 벽만 보였다. 그 순간 지독한 외로움이 엄습했다. "필요하면 연락해". 이 말은 나를 생각해서 진심으로 하는 따뜻한 말이 아니라 이제는 나를 보호해줄 사람이 아무도 없음을 인식시켜주는 잔인한 대사로 들렸다.

하나원에 있을 때는 외출은 할 수 없었지만, 보호받는 기분이었다. 하나원이라는 조직에 속해 있었고, 삼시 세끼 밥이 나왔다. 고기반찬도 먹을 수 있었고, 간식코너도 있었다. 축구도 할 수 있고, 헬스장이 있어 마음만 먹으면 몸도 단련할 수 있었다. 매우 싼 가격에 물건을 살 수 있는 매점도 있었다. 생활면에서는 모든 것이 완벽했다. 이제 나는 진짜 혼자였다.

하나원에서 퇴소할 때가 다가오면 임대주택을 배당받는다. 어느 지역으로 갈지는 아무도 모른다. 입주 가능한 임대주택의 수요에 따라 결정되기 때문이다. 내가 퇴소할 당시 서울에 배당된 주택은 네 곳이었고, 나는 서울에 있기를 희망했다. 서울을 원하는 사람은 나뿐만이 아니었다. 동기 70여 명 중 20여 명이 서울에 남길 희망했다.

지방은 19~20평 정도 크기의 임대주택이지만, 서울은 임대주택이 좁았다. 그럼에도 경쟁은 치열했다. 당시 나는 대학에 진학하겠다고 생각을 굳힌 상태였기 때문에 반드시 서울에 남아야 했다. 만약 제비뽑기에서 탈락하면 서울에 당첨된 사람에게 무릎이라도 꿇고 빌 생각이었다. 천운이었을까. 나는 제비뽑기에서 서울을 뽑았다. 하늘을 날 듯 기분이 좋았다.

하나원에 있는 동안 주민등록번호를 받았다. 주민등록증이 나왔고, 주소지도 나왔다. 심지어 본적도 한국 주소였다. 나는 완벽하게 대한민국 국민이 되었고, 새로운 삶이 시작되려고 했다.

하지만 환희와 기쁨도 잠시, 현실을 마주한 내가 처음 발을 디뎠던 9평짜리 공간에는 반겨주는 이 하나 없었고 미래의 일을 예고하는 듯 차가운 공기만 흘렀다. 서러움이 밀려들었다. 한참을 멍하게 있다. 정신을 차리고 가장 먼저 한 일은 휴대전화를 사는 것이었다. 하나원에서 결심했다. 학교에 입학할 것이라고. 다행히 정부에서 학비를 지원했다. 하나원을 나온 후 입시까지 2주밖에 시간이 없었다. 입학을 위해서는 정보가 필요했고, 컴퓨터나 노트북이 없는 내게 가장 효율적인 수단은 휴대전화였다. 첫날 내가 할 수 있는 일은 이뿐이었다.

밤이 되었다. 나는 요도 없는 이불을 꺼내 반으로 접고 그 사이로 들어갔다. 잠이 오지 않았다.

— 뭘 해야 할까?

북한 1퍼센트의 특권층이었고, 김일성종합대학 출신, 베이징 유학생이었지만, 한국에서 나는 아무것도 아니었다. 친척은 고사하고 아는 사람 한 명 없었다. 내 얼굴을 아는 사람도 없었다. 하나원에서 만난 선생들 연락처도 몰랐다. 이해는 되었다. 연락처를 공유하는 순간, 얼마나 많은 탈북민에게 시달릴 것인가. 불 보듯 뻔한 일이었다. 섬에 고립된 것 같았다. 하나원에서 나온 첫날, 누군가는 밤이 되면 펑펑 운다고 했는데, 나는 눈물조차 나오지 않았다. 어떻게 살아가야 하나, 황당하기만 했다. 세상을 향해 처절하게 소리쳤지만, 아무도 듣지 못하는 무시무시한 꿈을 꾸다가 소스라치게 놀라 깨어났다. 그사이 잠든 것이다.

꿈을 곱씹어보았다. 지금의 내 처지와 같았다. 눈을 떠도 사무치게 외롭고 무서웠다. 그런데 배가 고팠다. 무겁게 가라앉은 내 기분과 달리 위장은 밥을 달라며 요동을 쳤다. 그런데 쌀은 고사하고, 밥솥도 없었다.

나는 필요한 목록을 정리하기 시작했다. 드레스룸으로 쓸 수 있는 미니 룸이 딸린 작은 집에는 아무것도 없었다. 가스레인지만 설치되어 있을 뿐 냉장고, 세탁기는 고사하고 밥그릇, 젓가락 하나 없었다. 한국에서 정착하기 위해서는 기본적인 살림부터 장만해야 했다.

하나원에서 퇴소할 때 정부에서는 임대주택과 함께 현금 600만 원을 지원해준다. 600만 원은 일시급이 아니라 최초 300만 원을 지급하고, 나머지는 분기별로 100만 원을 지원하는 형식이다. 일반 주택보다 훨씬 저렴하다고는 하지만, 월세와 관리비도 매달 내야 한다.

대충 리스트 작성을 끝내고 핸드폰으로 가격을 검색했다. 필요한 물품의 가격을 더하니 천만 원이 넘었다. 절망이 몰려들었다. '북한에서 살던 대로 살면 안 되겠구나.' 당장 닥친 문제를 해결해야 했다. 이리저리 싸게 물건을 사는 방법을 검색하다 재활용센터라는 곳을 알게 되었다. 당시 나는 재활용품이 뭔지 몰랐다. 재활용품이 남들이 쓰다 버린 것이라는 것을 알고 충격을 받았다. 아니, 자존심이 상했다. 왜 내가 남이 쓰다 버린 것을 써야 하는 걸까. 절망이 나를 휘감았지만, 달리 방도가 없었다. 자포자기하는 심정으로 재활용센터를 찾아갔다. 그런데 재활용센터에 발을 들여놓자마자 나의 기분은 180도 달라졌다.

— 이건 얼마나 된 건가요?

내 눈에는 새것처럼 보이는 세탁기가 누군가 10년을 쓰고 버린 것이라고 했다. 몇 가지 부품만 바꾸면 충분히 쓸 수 있다고 했고, 가격은 6만 원이라고 했다. 보물섬을 찾은 기분이었다. 다음 날부터 나는 내게 필요한 것, 더 싼 것을 찾아 계속 재활용센터를 뒤졌다. 경비 아저씨에게 물어 관리사무소에서 리어카도 빌렸다. 택시비, 용달비가 아까웠기 때문이다.

아직 여름의 무더위가 가시지 않은 9월, 40분 리어카를 끌고 가 물건을 싣고 다시 40분을 걸어왔다. 몸은 고되고 힘들었지만, 그 과정이 너무 재미있었다. 이렇게 사는 것도 나쁘지 않겠다는 생각이 들었다. 나는 세탁기를 비롯해 미니 냉장고와 밥솥, 그리고 앉은뱅이 테이블 등 내게 필요한 대부분을 재활용센터에서 구했다. 접으면 소파, 펴면 침대가 되는 접이식 가구도 찾아냈다. 비록 남이 쓰다 버린 물건이고, 심지어 세탁기는 드럼도 아닌 통돌이었지만 빨래는 깨끗하게 되었고, 남들이 보면 촌스럽다고 했을 빨간 밥솥에서 지은 밥은 기가 막히게 맛있었다.

　내가 재활용센터에서 본 것은 절망이 아닌 희망이었다. 암울했던 생각은 사라지고, 남들이 쓰다 버린 쓰레기 틈에서 나는 내가 이 나라에서 살 수 있겠다는 한 줄기 희망을 보았다. 마음이 단단해졌다.

태어나서
처음 해보는 일

　일주일 동안 몇몇 재활용센터를 돌아다니며 필요한 물품을 모두 구했다. 살 것은 끝도 없었다. 옷은 물론 서랍장, 칫솔, 수건까지 모두 내 돈으로 사야 했다. 대부분은 재활용센터에서 구했지만, 딱 하나 노트북만큼은 좋은 것을 샀다. 내가 잘 지내는지 보러 온 담당자가 중고는 언제 고장 날지 모르고 수리 비용이 더 든다며 노트북만큼은 좋은 걸 사라고 조언해주었기 때문이다. 그렇게 임대주택의 공간은 조금씩 채워졌고, 남은 돈은 모두 대학 입시에 쏟아부었다.

　하나원에서 나는 대학에 진학하리라 마음먹었다. 특별 전형이었지만, 논술이 필요했다. 돈을 아끼지 말아야겠다는 생각으로 논술학원에 남은 돈을 몽땅 투자한 것이다. 수중에 남은 돈이 없었다. 하나원에서 퇴소할 때 지원되는 돈 말고도 기초생활수급비가 나왔지만, 그때까지 기다릴 형편이 되지 않았다. 어떻게든 살아야겠다는 생각에 아르바이트를 찾아보기 시작했다.

나는 효율성을 중요하게 생각하는 사람이다. 의도적으로 행복을 구하며 자신을 위로하기보다 주어진 상황에서 최선의 방법을 찾아내고자 한다. 달리 방법도 없었다. 300만 원이라는 주어진 자금을 어떻게 쓸지 고민했고, 그래서 조금이라도 싼 것을 찾으려고 노력했다. 새것이었다면 천만 원이 들 살림살이를 90퍼센트까지 줄여 장만했다. 아르바이트도 마찬가지로 효율성이 중요했다. 당시 알바천국 같은 사이트가 떠오르던 시절이었는데, 그중에서 가장 시급이 높은 아르바이트를 골랐다.

하나원에서 퇴소한 다음 주부터 곧바로 아르바이트를 시작했다. 태어나서 처음 해보는 일이었다. 농촌 동원에 참가해보긴 했지만, 그때와는 신분이 완전히 다르고, 일의 강도 역시 같지 않았다. 하나원에서도 일은 하지 않았다. 하나원에서는 일을 시키는 것이 아니라 가르친다. 하나원은 면허 발급기관이 아니기 때문에 면허증은 따로 따야 하지만, 하나원에 있는 동안에는 운전이나 지게차, 자동차 정비 등 사회에 나가서 일하며 살 수 있도록 기술을 가르친다. 나는 이 세 가지 수업을 모두 들었다. 면허증은 따로 따지 않았지만, 지게차 운전을 할 줄 알고, 오일 체크 등 차를 점검할 정도의 기본적인 지식은 가지고 있다.

나의 첫 아르바이트는 결혼식장의 뷔페 서빙이었다. 결혼식은 보통 주말에만 있어 매일 할 수 있는 일은 아니었다. 평일에는 학원에 가고, 남는 시간에는 편의점에서 아르바이트를 했다. 결혼식장 일은 쉽지 않았다. 시급이 높다는 것은 그만큼 힘들다는 의미다. 몸이 고되다기보다 정신적으로 힘들었다. 한국 문화를 모르는데다 하대에 익숙하지 않은 나는 손님들의 종업원에 대한 거친 행동 때문에 더 힘들었다. "저기요"도 아니고, "어이"라며 손짓을 하거나 불러서 달려가 테이블을 치우고 있는데 막말을 했다. 아르바이트를 하는 동안 마음의 상처를 많이 받았고, 그 때문에 결혼식장 아르바이트는 몇 주 만에 그만두었다.

편의점 아르바이트도 힘들긴 마찬가지였다. 편의점은 육체적으로 힘든 것은 별로 없었지만, 스트레스를 많이 받았다. 물건은 많은데, 대부분이 내게 생소한 것들이었다. 특히 담배가 가장 문제였다. 담배 종류만 수십 가지였다. 비흡연자인 내게 담배 이름을 외우는 것은 정말 고역이었다. 게다가 손님들은 상품명을 제대로 이야기하지 않고, 자기들만의 은어로 불렀다. 뭐라고 웅얼거리며 담배를 달라고 하는데, 혼란스러웠다. 아르바이트생이 어설프니 손님들이 짜증을 냈다. 내가 "북한에서 와서 잘 모릅니다"라고 하면 "그럼 아르바이트를 그만두든지 아르바이트생을 바꿔야지"라며 매몰차게 한마디씩 던지고 갔다. 그런 말들이 모두 내게 비수로 꽂혔지만, 그만둘 수도 없었다.

택배 아르바이트도 했다. 택배 상하차는 정신적으로는 힘들지 않다. 대신 집으로 돌아오면 씻는 것도 잊고 지쳐 쓰러져 잠들 정도로 몸이 힘들다. 그래도 정신적으로 힘든 것보다 몸이 힘든 것이 나았다.

생동성 임상시험이라는 아르바이트도 했다. 신약 회사가 약을 개발하면 젊고 건강한 사람들에게 테스트를 한다. 당시 1회 비용이 70만 원이었던 것으로 기억하는데, 이것도 한계가 있었다. 한 번 할 때마다 피를 500ml 정도 뽑고, 일 년에 한두 번 정도밖에 할 수 없는 단점이 있다. 열 번 이상 넘어가니 아무리 건강한 사람이어도 몸에 무리가 갈 수 있으니 더는 하지 말라고 만류해서 그만두었다. 아르바이트 비용이 쏠쏠했는데, 아쉬웠다.

나의 아르바이트 리스트 중에는 드라마 엑스트라도 있었다. 이 아르바이트는 두 번밖에 하지 못했다. 가성비가 너무 낮았다. 시간이 너무 많이 들었던 것이다. 자그마한 봉고차에 다른 엑스트라 아르바이트생들과 끼어 앉아 정선 같은 드라마 촬영지까지 가야 했고, 열 시간 넘게 대기하다 촬영해도 정작 드라마에는 나오지도 않았다. 딱 두 번의 촬영만으로 한국의 드라마 현장이 무척 열악하다는 것을 알 수 있었다.

그 외에도 정말 많은 아르바이트를 했다. 학원에서 중국어 아르바이트도 했다. 자격증이 없으니 직접 가르칠 수는 없었고, 교재를 만들 때 보조하거나 시험을 채점하는 일을 주로 했다. 스키장에서는 텃세 때문에 고전했다. 경력이 있는 사람들은 데스크에서 편하게 키를 나눠주는 일을 하지만, 나처럼 초보인 아르바이트생은 뒤에서 무거운 스키 장비를 온종일 나르고 정리해야 한다. 고깃집에서 불판 닦는 아르바이트도 했다. 고려대학교 앞에 '고대 고기'라는 식당이 있는데, 학생들 사이에서는 '고대 고깃집에 가면 김금혁이 있다'라는 말이 돌 정도로 유명했다. 무엇 하나 쉬운 일이 없었다. 입학 후에는 공부 때문에 근로 장학생 아르바이트를 많이 했다.

한국에 온 이후 줄곧 아르바이트를 했지만, 늘 돈이 궁했다. 통장 잔고는 항상 바닥이었다. 특히 하나원에서 나온 직후, 살림살이를 장만하고 학원비를 내느라 수중에 남은 돈이 3만 원밖에 없던 때가 있었다. 기초생활수급비가 들어오려면 일주일 정도 기다려야 했고, 아르바이트도 시작하기 전이었다. 대책이 필요했다.

돈인가,
자존심인가

주성하 기자는 1998년부터 여러 차례 탈북과 북송을 반복하다가 2002년 탈북에 성공한, 평양 출신이자 김일성종합대학 영어영문학과를 졸업한 내 직속 선배이다. 내가 한국에 넘어온 후 주성하 선배를 만날 일이 있었는데, 기자이다 보니 그로부터 여러 정보를 얻을 수 있었다. 그중 하나가 김일성종합대학 동문 모임이다.

당시 김일성종합대학 동문 모임 멤버는 대부분 50~60대로 내가 한국으로 오자 십몇 년 만에 새파란 후배가 들어온다며 기뻐했다고 했다. 당시 탈북민으로서는 처음으로 국회의원에 당선된 조명철 의원이 자리를 마련했다. 조명철 의원은 김일성종합대학 경제학과 교수 출신으로 1994년 탈북에 성공해 제21대 통일교육원 원장까지 지낸 분이다.

모임에 나오라는 전갈을 받았다. 주성하 선배는 그 자리에 나가 선배들이 살라는 대로 살면 잘 풀릴 것이라고 조언했다. 선배들을 만나면 택싯값도 줄 테니 가서 맛있는 것 많이 먹고 용돈이나 받아오라고 했다.

당시 나는 썩은 동아줄이라도 잡을 정도로 절박했다. 자존심이 상했지만, 그들에게 빌붙으면 먹고살 길이 생기지 않을까 하는 생각도 했다. 그 모임은 김일성종합대학 출신의 회합으로 그중에는 국회의원도 있고, 사업가 등 나름대로 한국에서 잘나가는 사람들이 많았다.

모임 장소에 가니 조명철 의원 보좌관이 기다리고 있었다. "좀 있으면 의원님이 오실 테니 기다리세요"라는 안내를 받고 식당 1층에 앉아 있었다. 한참을 기다리면서 이런저런 상념에 잠겨 있다가 '이들이 정말 내게 도움이 될까'라는 데까지 생각이 미쳤다. 분명 그들은 자신들의 과거 히스토리를 늘어놓을 테고, 얼마나 자신들이 잘살고 있는지 이야기할 것이다. 그 말들이 과연 내게 필요한 조언이 될 수 있을까, 그들이 내가 지금 처해 있는 상황을 완벽하게 이해할까 하는 의구심도 들었다.

순간, '대체 나는 누구를 기다리는 거지?'라는 자각과 함께 돌아가야겠다고 마음을 굳혔다. '한국에 온 지 얼마 되지도 않아 남에게 기대려고 하는구나, 참 쉽게 살려고 하는구나'라는 생각이 들었다. 나는 그렇게 그 자리를 떴다. 보좌관이 어딜 가냐고 물었지만, 나는 아무 말 없이 일어섰다.

— 그래, 안 만나길 잘했어. 그냥 천 원짜리 라면이나 사 먹으면 되지.

집으로 돌아가는 길, 버스 안에서 나는 자신이 정말 자랑스러웠다. 나는 지금도 그때의 결정을 굉장히 뿌듯하게 여기고 있다. 몇 년의 시간이 흐른 후 조명철 의원을 만났을 때였다. 그는 분명 그때 보좌관이 내가 왔다고 했는데, 왜 모임에 왔다가 그냥 돌아갔는지 물었다. "의원님을 기다리는 제 모습이 부끄러워서 도망쳤다"라고 하자 조 의원은 "별난 녀석이 왔다"라며 껄껄 웃었다. 오랜만에 만난 주성하 기자도 "힘들었을 텐데, 왜 찾아오지 않았냐. 찾아와서 기대도 되었을 텐데"라며 나를 안쓰러워했다.

내 소신은 그때나 지금이나 변함없다. 기대기 시작하면 버릇이 된다. 한번 편해지면 거기에 중독되어 어려운 일은 하지 않으려고 한다. 그래도 한 번쯤은 할 수 있지 않느냐고 생각할 수도 있다. 어려울 때는 서로 돕고 지내는 것이 좋다고 반박하는 사람도 있을 것이다. 하지만 나는 그 '한 번쯤'이 무서웠다. 그 한 번쯤이 얼마나 무서운지를 느낀 적은 여러 번 있다.

당시 교회에 나가면 한 달에 20만 원씩 장학금을 줬다. 20만 원은 학생인 내게 적지 않은 돈이었다. 솔직히 20만 원은 너무 소중했다. 한두 달 교회에 나갔다. 그런데 교회에서 나는 예배를 보는 대신 휴대전화만 보면서 시간이 가기를 기다리고 있었다. 나를 객관적으로 바라보니 한심하기 그지없었다. 지금은 크리스천이지만, 당시 나는 하나님을 믿지 않았다. 믿음 때문에 그 자리에 있는 것이 아니라 단지 20만 원 때문에 교회에서 시간을 죽이고 있었다. 그 사실을 자각하자 나 자신이 그렇게 초라할 수 없었다. 신을 진심으로 믿지 않는데, 믿는 척하고 있는 내가 용납되지 않았다. 찬송가를 부를 때 주변을 돌아보면 우는 사람들도 있었다. 나는 그들이 도무지 이해되지 않았다. '저 사람은 20만 원 때문에 저렇게 우는 걸까?'라는 생각까지 했다. 그깟 20만 원에 내 존엄성과 가치관이 흔들린다고 생각하니 도저히 교회에 나갈 수가 없었다. 전도사에게 이야기했다.

— 앞으로 교회에 나오지 않겠습니다.
— 왜입니까?
— 20만 원이 너무 유혹적입니다. 그 20만 원 때문에 내가 여기서 믿지도 않는 노래를 부르고 있는 것을 용납하지 못하겠습니다. 믿는 척은 못하겠습니다. 내가 진정 하나님을 믿게 되면 그때 돈을 받지 않고 다시 나오겠습니다.

나는 그 뒤로 교회에 나가지 않았다.
이런 일도 있었다. 내 처지를 안타깝게 여긴 독지가가 있었다. 그분도 교회와 관련된 장학회 멤버였는데, 모임에 나가면 한 달에

50만 원씩 장학금을 주겠다고 했다. 나는 그 50만 원에 홀랑 넘어가 모임에 나가기 시작했다. 모임 첫날, 나는 장학회가 추구하는 방향이 내 정체성과 맞지 않는다는 것을 느꼈다. 하지만 돈 때문에 고민이 되었다. 돈 앞에 무기력해지는 나 자신이 너무 싫었다. 결국 굶어도 그냥 꼿꼿하게 서서 죽겠다는 마음으로 두 달 후 발길을 끊었다.

지금도 그때 만났던 친구들과 소통하며 지낸다. 당시 장학회의 지원을 받았던 친구들은 "혼자서 독야청청한 척 나가버리면 우리는 뭐가 되냐?"며 다들 나를 욕했다고 한다. 지금 생각해보면 그들이 나를 욕한 것도 이해가 된다. 결국 사람은 잘살게 되면 여유가 생긴다. 당시는 나도 각박했고, 그 와중에 자존심을 굽히기는 싫은, 치기 어린 젊은이였을 뿐이었다.

돈이 없으니 좋은 점도 생겼다. 생활의 노하우가 생긴 것이다. 적은 돈으로 최대한 오랫동안 생존해야 하니 음식은 대부분 냉동식품으로 해결했다. 운 좋게도 내가 머물렀던 임대주택 바로 앞에 저렴한 마트가 문을 열었다. 그곳에서 냉동식품을 사고, 김치는 동사무소에서 얻었다. 유통기한이 하루 지난 고기를 사다 얼려놓고 찌개를 끓여 먹었다. 마트 직원과도 친해져 세일 정보를 알려주기도 했다.

돈 앞에서 사람은 한없이 무력해진다. 한국에서 처음 맞은 생일. 전날, 통장에 남은 잔액을 보니 9천 원이 있었다. 마침 그날이 토요일이었는데, 교회에 갈까 말까를 심각하게 고민했다. 교회에 가면 20만 원을 받을 수 있었다. 고백하자면 교회 정문까지도 갔다. 정문에서 애꿎은 땅만 파면서 교회에 들어갈까 말까 심각하게 고민했다. 지난달 그렇게 멋지게 교회를 박차고 나왔는데, 다시 돈 때문에 기웃거리고 있으니 뭐라 설명할 수 없을 만큼 비참해 보였다. 세 시간을 고민하다 결국 나는 집으로 발길을 돌렸다.

생일날 2천 원짜리 김밥을 먹으며 이렇게 사는 것도 나쁘지 않다고 나 자신을 위로했다. 지금은 그립기만 한 배고팠던 시절이다.

고려대학교
정치외교학과에
입학하다

지하철을 타고 아르바이트를 하러 가는 중이었다. 고려대학교 정치외교학과 합격자 명단에 내 이름이 올라온 것을 확인했다. 당시의 기쁨은 뭐라고 할 수 없을 정도다. 하나원을 나와 입학까지 반년, 입시를 준비하고, 한국에 적응하고, 아르바이트를 하면서 정신없이 보낸 시간이었지만, 힘든 시기이기도 했다. 많은 사람을 만났지만, 내가 한국 사람이라는 생각은 들지 않았다. 나는 여전히 탈북자였다. 아무도 내가 탈북민이라는 사실을 몰랐지만, 나는 사람들의 사소한 말과 행동에 상처받으며, 스트레스를 받고 있었다. 당시 내가 제일 불안했던 것은 소속감이 없다는 것이었다.

스무 살 남짓한 청년이 아르바이트를 하다 보니 종종 "학교 어디 다니냐?"는 질문을 많이 받았다. "학교 안 다녀요"라고 하면 "군대는 갔다 왔나?"라는 질문이 뒤이었다. 군대도 안 갔다고 하면 "그럼 넌 뭐야?"라거나 "그럼 고졸이야?"라는 식의 답이 돌아왔다.

그런 상황에서 내가 딱히 대응할 방법은 없었다. 감정적으로도 커버가 되지 않았다. "너는 뭐 하는 사람이야?"라는 질문에 "편의점 아르바이트생입니다"라는 말을 하기가 싫었다. 나의 정체성을 찾고 싶었지만, 나는 어디에도 속해 있지 않은 사람이었다. 그렇다 보니 당시 정신적으로 많은 방황을 했다. 나의 자존감은 바닥을 쳤고, 그걸 해결할 방법을 찾지 못했다. 이 사회에서 이방인이라는 사실이 나를 너무나 힘들게 했다. 그렇다 보니 아주 작고 사소한 일에도 마음의 상처를 받았다.

나는 자신감이 없었다. 자존감이 바닥을 치니 나를 소개할 때도 "나는 김금혁입니다"라고 짧게 설명하는 게 아니라 "나는 평양에서 대학도 다녔고, 베이징에서 유학도 했다"라는 식으로 서술이 길어졌다. 나는 당신이 그렇게 하찮게 볼 상대가 아니라는 것을 길게 설명하고 있는 나를 발견하고, '현타(현실 자각 타임)'가 왔다. 내가 왜 이렇게까지 나를 설명하고 있는지 화가 났다. 자신에 대한 염증으로 곪을 대로 곪아갈 즈음 고려대학교 합격 소식을 들었고, 그것만으로도 내 울분은 어느 정도 해소되었다.

나는 고려대에 입학하고 나서는 꼭 과잠을 입고 다녔다. 아르바이트를 갈 때도 마찬가지였다. 내게 막 대하려던 사람들도 과잠을 보면 "학생, 고대야?"라며 태도가 달라졌다. 그럴 때마다 내가 고려대 학생이라는 자부심이 새록새록 솟아났다. 지금 생각해보면 참 한심한 학벌 중심적 사고방식이지만 당시 아무것도 없던 나에게 고려대학교라는 소속감은 한국인이 된 이후 처음 느껴보는 나 스스로에 대한 자신감이었다.

합격 후 처음 등교하는 날이었다. 나는 긴장으로 심하게 떨었다. 중국에서 한국 친구들을 만날 때와는 사뭇 다른 느낌이었다. 베이징에서는 나도 유학생이었고, 북한에서 꽤 공부도 잘했다는 자신감이 있었지만, 한국에서의 나는 신분이 달랐다. 특별전형으로 입학했고, 나이도 동기들보다 많았다. 한국에서도 난다 긴다 할 정도로 머리 좋은 친구들이 모인 곳이니 특별전형으로 입학한 나를 무시하지 않을까, 겁이 났다. 어린 친구들이 얼마나 머리가 핑핑 돌아갈까를 생각하니 두려움이 엄습했다. 모두 각자 출신의 고등학교에서 1, 2등을 다투던 학생들이 아닌가. 게다가 나는 합격 전달을 늦게 받은 데다 아르바이트를 하고 있어서 오리엔테이션을 겸한 MT도 가지 못해 동기들과 친해질 시간도 없었다.

학기가 시작된 첫날, 수업에 들어가기 전 과방(새내기 배움터)을 찾았다. 문을 열고 들어가자 소파에 선배로 보이는 사람이 누워 거만하게 말을 걸었다.

― 처음 보는 얼굴이네?
― 13학번 신입생입니다.
― OT에는 왜 안 왔어?
― 아르바이트하느라 못 갔습니다.

— 넌 말투가 왜 그래? 강원도에서 왔어?

— 북한에서 왔습니다.

갑자기 선배가 천천히 몸을 일으키며 말 톤을 바꿔 "혹시 김금혁 씨…?"라며 말꼬리를 흐렸다. 이미 과에서는 김일성종합대학에 다니던 탈북민이 입학했다는 소문이 퍼져 있었던 것이다.

— 아 형님, 죄송합니다. 형님 온다는 소문을 듣고 있었는데, 이렇게 만나 뵙게 돼서 반갑습니다.

그렇게 선배들과 김일성종합대학은 어떠냐, 고려대는 어떻게 들어왔냐, OT는 왜 못 왔냐 등의 담소를 나누기 시작했다. 그날, 강의가 끝나고 한 명씩 과방에 들어오는 사람마다 나를 소개해야 했고, 그렇게 사람들과 짧은 시간 안에 친해질 수 있었다.

당시에는 '사고와 표현'이라는 1학년이 모두 들어야 하는 필수과목이 있었다. 첫 시간, 자기소개를 하는 시간을 가졌다. 가장 먼저 내 이름이 불렸다. '강' 씨나 '고' 씨가 없으면 'ㄱ' 'ㄱ'으로 이어지는 내 이름은 출석부 가장 윗자리를 차지한다. 단상으로 올라간 나는 나의 인생 스토리를 풀어놓았다. 내 소개가 끝날 무렵 나를 제외한 모든 학생이 울고 있었다. 자기소개가 끝나고 자리에 돌아오자 '같이 점심 먹을까?', '친해지고 싶어', '만나서 이야기하고 싶어' 등 쪽지가 쌓여갔다. 이렇게 시작된 동기와의 인연은 지금까지 이어지고 있다.

　고려대는 내게 단순한 학교가 아니다. 새로운 인생을 열어준 곳이다. 고려대에 다니면서 만났던 사람들, 그곳에서 배웠던 지식이 지금의 김금혁을 만들었다고 해도 과언은 아닐 것이다. 동기들 덕분에 나의 상처가 많이 치유되었고, 자신감을 회복할 수 있었다. 부모님이 계시진 않았지만, 내 옆엔 친구가 함께했다.

소속감과
유대감

나는 학교에 빨리 적응하기 위해 두 가지 전략을 썼다.

첫째, 밥 사주기. 나는 고려대에서 밥 잘 사주는 친한 형, 친한 오빠였다. 당시 나는 아르바이트 번 돈을 동기들과 밥 먹는 데 모두 썼다. 그것이 나의 첫 번째 전략이었다. 고려대 근처의 맛집이란 맛집은 모두 돌아다녔다. 학생 신분이다 보니 신용카드를 쓸 수 없어 30만 원 한도의 마이너스 체크카드를 사용했다. 그 카드는 항상 마이너스 30만 원을 꽉 채운 상태였다.

둘째, 친구들의 시선으로 대학 생활하기. 이 말은 평양에서 온 탈북자 김금혁이라는 스스로의 인식을 지우고 오직 대한민국에서 태어나고 자란 사람들의 시각에서 대학 생활을 한다는 의미다. 친구들은 어떤 강의를 듣는지, 학점을 잘 받기 위해 어떻게 공부하는지, 어떤 것을 먹고, 어떤 것을 즐기는지, 하나도 빠짐없이 모든 것을 벤치마킹했다. 심지어 내 또래 친구들이 어떤 게임을 좋아하는지도 알아보고 따라 했다. 당시 '리그 오브 레전드'라는 게임이 유행하던 시절이었다. 두 팀이 서로의 기지를 파괴하기 위해 치열한 사투를 벌이는 전략 게임이다. 게임을 전혀 할 줄 몰랐던 나는 친구에게 밥을 사주고 게임의 룰을 배웠다. 하필이면 그 친구의 레벨이 리그 오브 레전드에서 가장 낮은 브론즈였고, 내 실력은 좀처럼 늘지 않았다. 물론 핑계다. 둘 다 10년째 브론즈를 벗어나지 못하고 있기는 하지만, 당시의 기억은 나를 늘 웃음 짓게 한다. 그렇게 나는 밤새 PC방에 처박혀 게임도 하고, 공부도 하며 친구들과 유대감을 쌓아갔다.

솔직히 일부러 전략을 짰다기보다 그 외에는 떠오르는 방법이 없었다. 당시 나는 무척 조급했다. 학교에 가보니 이미 친해진 무리가 눈에 들어왔다. OT도 참가하지 못하고, 나이까지 많았던 나는 초조했다. 나만 동떨어진 것 같았고, 그들과 빨리 친해져야겠다는 마음이 들었다. 1학기가 지나가기 전, '베프'라고 부를 만한 친구 몇 명 정도는 만들고 싶었다.

나는 대한민국의 구성원이 되기 위해 피나는 노력을 했다. 매해 4월 1일, 대학교에서는 1학년들의 축제인 '교복 데이'를 연다. 고등학생들 사이에서는 대학생이 되어 만우절에 고등학교 교복을 입고 등교하는 것이 로망이기도 하다. 고등학교 때는 미성년자라서 마시지 못했던 술을 교복을 입고 와 마시기도 한다. 말이 교복

축제지, 미군 군복, 연세대 과잠 등 별의별 이상한 복장을 하고 나타나는 친구들도 많다. 내게 고등학교 교복이 있을 리 만무했다. 친구들은 북한의 붉은 국기를 두르고 오라며 장난쳤지만, 나는 어떻게 하면 사람들의 주목을 끌 수 있을지 고민했다. 생각에 생각을 거듭하다 공연을 하기로 마음먹었다.

축제다 보니 소극장에서 공연하는 팀들이 여럿 있었다. 그중 밴드에 속해 있는 친구에게 밥을 사주며 내가 대신 랩을 하면 안 되겠냐고 설득했다.

— 형, 랩 할 줄 알아?
— 당연히 모르지.
— 형, 이건 장난이 아니야. 몇백 명 앞에서 하는 공연이라고.
 잘해야 해.
— 잘할 수 있으니까, 네가 좀 가르쳐줘.
— 아, 이건 아닌 것 같은데….
— 네가 딱 일주일만 가르쳐주면 정말 잘할 수 있어.

우리는 수업이 끝나면 곧바로 노래방으로 직행했다. 당시에는 코인 노래방이 없어 학생 신분으로서는 꽤 비싼 노래방 비용을 지불하며 일주일간 정말 열심히 노력했다.

나는 동기들에게 내가 비록 북한에서 왔고, 너희보다 나이가 많지만, 너희들과 똑같은 눈높이에서 지내기 위해 애쓰고 있다는 것을 보여주고 싶었다. 나의 이런 행동은 내가 한국에 적응하기 위해 노력하고 있으니 제발 나를 너희들 무리에 받아달라고 하는 일종의 몸부림이었다.

그날 내가 부른 노래는 배치기의 '눈물샤워'였다. 내가 생각해도 놀랄 만큼 랩을 완벽하게 소화해냈다. 내 전략은 훌륭하게 맞아떨어졌고, 그 이후 나의 인기는 급상승했다. 그때부터 동기들 사이에서 나를 모르는 친구들이 없을 정도였다.

5월에는 고려대의 대표적인 행사 중 하나인 '입실렌트'라는 축제가 있다. 이때는 학생뿐만 아니라 지역 주민들까지 함께 어우러져 행사를 즐긴다. 5월 축제에서는 1학년들이 응원을 맡는다. 나는 밤새 유튜브를 50번도 넘게 돌려 보며 응원가와 모션을 모두 외워 응원을 이끌었다. 1학기 내에 '인싸'가 되고자 했던 나의 목표는 성공했다. 물론 그 과정에서 공허함을 느끼지 않았다고 한다면 거짓말일 것이다. 하지만 나는 최선을 다하는 내가 싫지 않았다.

느닷없이
찾아온
공황장애

대학에 들어간 뒤 앞뒤 보지 않고 하루하루를 정말 치열하게 살았다. 그러던 어느 날 느닷없이 공황장애가 찾아왔다. 낮에는 친구들과 웃고 떠들며 잘 지냈지만, 집으로 돌아가면 너무 외로웠다. 알 수 없는 허무감과 내가 이 짓을 계속해야 하는가 하는 의구심이 지속적으로 나를 괴롭혔다. 친한 동기들이 하나둘씩 입대하던 시절이었다. 나를 위로해줄 사람이 없었다.

입학 후 일 년간 노력해서 '인싸'가 되고자 했지만, 내가 진정 그들의 구성원이 되었는지 알 수 없었다. 나는 여전히 자신감이 없었고, 그런 나를 들키기 싫어 더 과장되게 행동했다. 친구들에게 밥 사고, 노래를 부르고, 응원하는 모든 일이 내가 편하고 좋아서 한 것이 아니다. 오히려 나는 조용히 책을 읽고, 글을 쓰고, 토론하는 것을 좋아한다. 사람들 앞에 나서는 것을 그다지 좋아하는 편이 아니다. 그런데 대한민국이라는 나라에 속하기 위해 억지로 에너지를 쏟아붓다 보니 어느 순간 내가 여기서 뭘 하고 있는지 알 수 없게 되어버린 것이다. 거기에 더해 그즈음 내게 큰 사건이 터졌다. 가족 문제였다.

2013년 12월 12일, 북한에서 장성택 숙청 사건이 있었다. 장성택은 김일성의 딸인 김경희의 전남편으로 김일성의 사위이며, 김정은의 고모부이기도 하다. 김정은이 장성택 세력을 처형함으로써 집권을 공고히 하고자 벌인 일이었다. 장성택 숙청은 북한 역사상으로도 손꼽힐 만한 충격적인 사건으로 거론되는데, 해외에서도 '고모부마저도 잔혹하게 죽인 김정은의 패륜성'에 대해 논란이 있었다. 이 사건으로 그동안 단단히 쌓고 있다고 생각했던 나의 내면이 와르르 무너져 내렸다. 베이징에서 탈출한 이후 나는 가족과 연락 한 번 하지 못했다. 나 때문에 부모님에게 아무런 피해가 없기만을 바라고 바랐다. 그런데 그 사건이 터지면서 장성택 라인이었던 우리 집안에도 화가 미쳤다는 소식을 건너 건너 듣게 되었던 것이다.

그렇게 2014년이 시작되자마자 공황장애가 찾아왔다. 동시에 안면신경마비 증상이 나타났다. 얼굴 한쪽이 떨리면서 근육이 일그러졌다. 웃으면 친구들이 나를 조커 같다고 해서 한동안 마스크를 쓰고 다니기도 했다. 상황은 심각했지만, 상담을 받으러 가는 것은 죽기보다 싫었다. 상담을 한다는 것은 내가 현 상황에 졌음을 인정하는 것이라고 생각했다. 나는 항상 내가 처한 상황을 관리하고 이겨낼 것으로 믿었고, 또 반드시 이겨내야만 한다는 강박 관념을 갖고 있었다. 내 선택으로 여기까지 왔으니 내가 무너지는 모습을 보이면 내 선택이 잘못된 것으로 비칠까, 그동안 이를 악물고 버텨왔다. 그런데 그동안 상처받고 고되고 힘들었던 모든 것들이 곪은 상태에서 장성택 사건으로 터져버린 것이다.

결국 나는 쓰러졌다. 아는 형이 "금혁아, 너 그러다 진짜 죽을 수도 있다. 진단을 받아봐"라며 나를 병원에 데리고 갔다. 병원에서는 초기 공황장애 진단을 내렸고, 심리 상담을 받으면 치료할 수 있다고 했다. 병원에서는 일주일에 한 번, 두세 시간씩 치료를 받으라고 했다. 하지만, 나는 첫 상담 후 더는 병원을 찾지 않았다.

상담을 받는 동안 상담사는 내가 절대 남에게 보이고 싶지 않은 부분을 끄집어내려고 했다. 그래야 치유가 된다는데, 나는 그 상처를 마주하는 것이 너무 두려웠다. 결국 상담은 아무런 해결책을 내지 못한 채 끝나버렸다. 자리에서 일어선 나는 문을 닫고 나오며 다시는 이곳을 찾지 않으리라 다짐했다.

몸은 거짓말을 하지 않았다. 또다시 쓰러지고 말았다. 이번에는 약물 치료를 받았지만, 별 호전이 없었다. 그렇게 2014년이 통째로 날아갔다. 지금 되돌아봐도 2014년에는 무엇을 했는지, 전혀 기억이 없다. 내 소셜미디어의 계정을 보면 2014년 동안은 아무런 활동 기록이 없다. 친구가 힘들면 차라리 휴학하라고 했지만, 휴학하면 두 번 다시 학교로 돌아가지 못할 것 같았다. 학교는 갔지만, 공부는 하지 않았다. 공부를 하지 않으니 아는 것이 없었고, 아는 것이 없으니 시험을 봐도 쓸 것이 없었다. 아니, 시험 자체를 보기 싫었다. 학점이 올 F였다.

나를 아끼던 교수님 몇 분이 "금혁아, 네가 힘든 것은 알겠지만 시험지라도 내라. 이름 석 자만 쓰고 가면 D를 줄게. 그럼 재수강할 수 있잖아. 그런데 시험을 안 보면 D조차도 줄 수가 없다"며 나를 타이르셨다. 나는 그것조차 싫었다. 그렇게 학사 경고를 두 번 받았다. 시간은 속절없이 흘러갔고, 그때 받은 F는 영원히 남았다.

내겐 정혜은이라는 친구가 있다. 고려대 영어교육과 10학번으로 북한인권동아리인 '리베르타스'에서 만난 친구다. 리베르타스는 2012년 창설되어 2013년부터 본격적으로 활동을 시작한 남북대학생연합 북한인권학회로 나와 혜은이는 그곳에서 신입회원으로 만났다. 북한 인권과 문제에 대해 관심이 많았던 우리는 열띤 토론을 벌이며 가장 친한 친구가 되었다. 남녀 사이에 친구는 없다고 하지만, 우리 둘은 완벽한 친구다.

당시 나는 혜은이에게도 내 증상을 알리지 않았다. 친구에게 부담을 주기 싫었다. 그렇게 홀로 버티고자 했으나 실패했고 한참을 망설인 끝에 그녀에게 전화해 "나 너무 힘들다. 이러다 죽을 것 같다"고 하니, 그녀가 나를 도와주겠다고 했다. 그녀와 만나 두 시간을 울었다. 왜 울었는지, 무슨 이야기를 했는지도 기억나지 않는다. 내 상태가 심각하다고 생각했는지 혜은이가 심리 상담을 잘하는 목사님을 소개해주겠다고 했다.

— 혜은아, 나 상담사가 싫어. 내가 감추고 싶어 하는 것을 자꾸 끄집어내려고 해. 나를 너무 초라하게 만든다고. 그 사람들이 자꾸 적나라하게 나를 들추려고 하니까, 나 자신이 너무 부끄럽고 민망하고… 그런 상황이 못 견디게 싫어.
— 그럼 안 고치고 이대로 살 거야? 닥치고 그냥 내가 하자는 대로 해!

그녀의 강압에 이끌려 목사님을 만났다. 2014년 말, 추운 겨울이었다. 서초역에 있는 카페였는데, 아주 인자하게 생긴 목사님이 앉아 계셨다. 말레이시아에서 선교 사역을 하던 중 마침 한국에 나올 일이 있어 귀국했다가 내 얘기를 듣고 만나보겠다며 나오신 것이었다. 내가 자리에 앉자 목사님은 차가워진 내 손을 꼭 잡고 내 눈을 바라보며 "많이 힘들죠?"라며 따뜻한 목소리로 말씀하셨다. 그 순간 터진 눈물이 멈추지를 않았다.

그날 나는 그분과 얘기를 나누며 꼬박 네 시간을 울었다. 카페 안의 모든 사람이 다 쳐다볼 정도로 통곡했다. 울면서 아무런 필터를 거치지 않고 속에 있는 말을 다 뱉어냈다. 아마도 한계치에 다다랐던 것 같다. 이래서 힘들고, 저래서 힘들고, 내게 못되게

군 사람들이 너무 밉고, 하나님도 내게 어떻게 그럴 수 있냐며 화를 냈다. 내가 정말 절실하게 우리 가족만은 지켜달라고 기도했는데 어떻게 이럴 수 있냐. 베이징을 떠나올 때 나를 도와줬던 목사님도 "하나님은 너를 향한 계획이 있으시다. 그 계획대로 살라"고 했는데, 도대체 그 계획이 무엇이기에 날 이렇게 괴롭게 만드는 것이냐. 성경을 읽어보니 하나님은 인간이 견딜 수 있을 정도의 고통만 주신다고 하는데, 나는 못 견디겠다. 나의 견딤의 강도가 어디까지인 줄 알고 내게 이런 고통을 주는 것이냐. 도대체 내가 무엇을 잘못했느냐. 하나님이 내게 억하심정이 있는 것이냐. 나는 울분을 토해내며 이야기를 멈추지 않았다.

목사님은 묵묵히 듣고만 계셨다. 두서없는 내 이야기가 얼추 끝나고 목사님은 "아마 이런 만남 자체도 하나님의 계획에 있는 걸 거예요"라고 조용히 말씀하셨다. 나는 "뭔 헛소리입니까? 저는 제 판단으로 이 자리에 나왔습니다"라고 허세를 떨다 집으로 돌아갔다.

하지만 그날 네 시간 동안 이야기를 하면서 오랫동안 체했던 걸 다 토해낸 기분이었다. 뭔지 모르지만 개운해진 느낌이었다. 평소 나는 아무리 피곤해도 다섯 시간 이상 잠을 못 잤지만, 그날은 집으로 돌아가자마자 쓰러져 한 번도 깨지 않고 열네 시간을 내리 잠들었다. 깊은 잠이었다.

축복받은
인생

열네 시간 동안 자고 일어났더니 배가 고팠다. 그전까지만 해도 배가 고프면 요리를 하기보다 라면을 끓여 먹거나 그것도 귀찮으면 라면을 생으로 부셔서 먹곤 했다. 주변을 돌아보니 집안 꼴이 엉망이었다. 일 년간 청소를 하지 않아 상상 이상으로 더러웠다. 책상 위도, 싱크대도, 방안도, 침대를 제외한 모든 곳이 쓰레기 천지였다. 배가 너무 고픈데 갑자기 식욕이 뚝 떨어졌다. 집 정리를 해야겠다는 생각에 세 시간 동안 집 청소를 했다. 그리고 혜은이에게 전화했다.

― 혜은아, 나 배고파. 밥 사줘.

우리는 삼겹살을 먹으러 갔다. 삼겹살 먹으면서 정말 오랜만에 웃었다. 혜은이가 그런 나를 보며 "달라졌다"고 했다. 나도 나 자신이 변한 것이 느껴졌다. 혜은이를 볼 때 얼굴에 아무런 이상이 느껴지지 않았다. 안면신경마비 증상이 사라진 것이다.

내가 나은 게 맞는지 확인하기 위해 사람들이 많은 곳에 조금씩 가보기 시작했다. 처음으로 간 곳은 혜화동이었다. 대학로에서 연극을 봤는데 아무렇지도 않았다. 정말 치유가 되었는지 한 번 더 나를 시험해보기로 했다. 학교 홈페이지를 찾아보니 마침 여름 방학에 학교에서 중국어와 중국 문화, 중국 정치에 관심이 많은 학생을 모집해 상하이에 보내주는 프로그램이 있었다. 중국에서부터 내 삶이 바뀌기 시작했으니 대한민국 국민이 된 지금 다시 한번 가볼까 하는 생각이 들었다. 내가 두려운 것은 중국에 다시 가는 것이 아니라 30명의 인원에 섞여 들어가 적응하는 것이었다. 우려와 달리 나는 상하이 프로그램을 잘 마치고 돌아왔다. 그냥 잘 다녀온 것이 아니라 조장을 맡아 리더로서 완벽하게 팀을 이끌었다. 내가 이끈 팀이 가장 좋은 평가를 받기도 했다. 그 여행을 통해 나는 내가 회복했다는 확신을 할 수 있었다. 그와 더불어 자신감도 되찾았다.

나는 일 년 전 상담을 받다가 도망쳤던 병원을 다시 찾았다. 정신과를 처음 찾으면 문제지처럼 생긴 것을 주며 풀라고 한다. 문항이 100개가 넘어 그걸 풀려면 한 시간이 넘게 걸릴 뿐만 아니라 나의 상황을 적나라하게 떠올려야 하므로 심정적으로 무척 힘들었다. 나는 그 문제지를 풀면서 울었다. 당시 나는 그런 상황이 너무 싫었다. 다시 병원을 찾았을 때 담당 의사는 나를 기억하고 있었다. 내가 농담까지 할 정도로 컨디션을 되찾은 모습을 보자 의사는 내가 회복하는 중인 것 같다며, 지나치게 슬픈 영화나 노래, 가학적인 영상은 보지 말고 밝은 것 위주로 보라며 조언했다.

일 년이라는 시간을 잃어버린 나는 공황장애에 쐐기를 박기 위해 2015년 겨울, 친구들과 함께 하얼빈을 여행했다. 나는 친구들에게 "호랑이 담배 피우던 시절을 이야기해줄까?"라며 베이징 유학 시절 이야기를 들려주었고, 친구들은 호기심을 갖고 귀를 기울여주었다. 친구들이 북한 대사관이 어떻게 생겼는지 궁금하다고 했다. 우리는 내친김에 기차를 타고 꼬박 반나절을 달려 베이징을 찾았다. 북한 대사관 앞에서 친구들과 함께 빅Big 엿을 날리고, 나란히 사진을 찍고, 베이징대학교 식당을 찾아가 밥을 먹으며 몇 년 전 내가 고군분투했던 시절을 되돌아보았다. 친구들은 "너를 알아보는 북한 유학생을 만나면 어떻게 하냐?"라며 걱정했지만, 나는 "너희들이 나를 지켜주면 되지"라고 농담을 하기도 했다. 그렇게 나는 천천히, 그러나 온전하게 나 자신을 되찾아가고 있었다.

2016년 학교에서 라틴 문화에 관심이 많은 학생들을 선발하여 코스타리카에 보내주는 프로그램이 있었는데, 스페인어를 전혀 할 줄 몰랐지만 오직 호기심 하나로 지원했고 코스타리카로 갈수 있었다. 함께 프로그램에 참여한 친구들과 금방 친해져 중남

미 이곳 저곳을 여행했고 여자친구도 사귀었다. 처음으로 사랑이라는 감정을 느꼈고, 아무런 이해관계가 얽히지 않은, 유치했지만 순수한 사랑을 했다. 그렇게 코스타리카를 다녀온 후 나의 자신감은 정점을 찍었다.

그 이후로 나의 삶이 바뀌었다. 자신감을 회복한 나는 대외활동의 범위를 넓혔다. 대학생 토론 동아리에도 들어갔다. 토론 시합에 나가 1등을 했다. 서울대생과 붙어 완전히 눌러버렸다. 그제야 그때까지 나를 계속해서 압박하던, 대한민국 무리에 끼었나 끼지 못했나 하는 불안감을 털 수 있었다. 탈북민으로 특별 대우를 받아 고려대에 들어간, 함량 떨어지는 사람이 아니라 실력으로 누구와 대결해도 이길 수 있는 사람이 되었다는 확신을 가지게 된 것이다.

돌이켜 보면 어느 경험 하나 버릴 것이 없다. 고군분투하며 보낸 고된 시절이었지만, 그 과정에서 인격적으로 성취한 것도 있다. 그리고 둘도 없는 친구도 얻었다. 인생 뭐 별것인가. 이 모든 것이 축복받은 인생이다.

4장

운명이 빚어낸 새로운 인생

인권은
정치 이슈가
아니다

2018년은 내게 있어서 아주 중요한 한 해다. 2012년에 단행한 탈북이 내 인생의 첫 번째 터닝포인트였다면 2018년은 두 번째 터닝포인트가 찾아온 해였다. 솔직히 나는 2017년까지 사람들을 만나도 북한에서 왔다고 말하지 않았다. 학과 동기나 선배들은 내가 북한에서 왔다는 사실을 털어놨기에 알고 있었지만, 남한에서 일 년 정도 지낸 후에는 굳이 먼저 밝히지 않는 이상 아무도 내가 북한에서 왔다는 사실을 눈치채지 못했다. 하나원을 나온 이후 탈북민과 교류도 하지 않아 탈북민 친구도 없었다.

공황장애를 극복하면서 나는 서서히 나의 정체성을 다시 찾기 시작했다. 2017년부터 정당 활동을 하며 바른정당 대학생 토론 배틀에 나가기도 하고, 대선도 경험하며 조금씩 한국 사회와 정치 문제에 관심을 가지기 시작했다. 한국으로 넘어온 이후 몇 년간은 개인적으로 힘겨워 나 자신에만 집중하다 서서히 안정감을 찾고 내면이 채워지면서 사회적인 이슈에도 눈을 돌리기 시작한 것이다. 마음을 열자 기회는 우연한 곳에서 찾아왔다.

'링크Liberty in North Korea, LiNK'라는 국제인권단체가 있다. 2018년 링크의 한국 지부는 한반도 통일에 관심이 많은 청년 대학생을 모아놓고 2박 3일간 여름 캠프를 했다. 링크 여름 캠프를 신청한 친구가 장염에 걸려 참가를 못하게 되면서 내가 대타로 참석하게되었다. 링크라는 단체에 전혀 관심이 없던 나는 조용히 밥만 먹고 돌아올 생각이었다.

별생각 없이 참가한 캠프에는 북한 인권에 관심을 가진 내 또래의 청년들이 가득했다. 그 모습을 보자 가슴이 뜨끔했다. 그때까지만 해도 나는 한국에 빨리 적응해서 성공해야겠다는 자기 욕심에 빠져서 북한과는 거리를 둔 채 생활을 하고 있는 중이었다. 당장 먹고사는 일이 바쁘다 보니 북한 인권에 눈 돌릴 틈이 없었다. 그런데 눈앞에 북한과는 전혀 상관없는 젊은 청년들이 침을 튀기며 열정적으로 토론하는 모습을 지켜보고 있자니 '아, 나는 북한 사람이었지'라는 각성이 들었다.

캠프 첫날에는 조용히 토론 활동을 지켜보기만 하다가 둘째날이 되어서야 내가 북한 출신임을 밝혔다. 이를 계기로 캠프를 주관한 단체 대표와 이야기를 나누게 되었다. 대표는 "금혁 씨 같은 사람이 필요하다"며 내게 도움을 요청했다. 부끄러웠다. 나는 북한 인권과 관련한 당사자다. 심지어 내게는 스토리가 있다. 잠재적인 폭발력을 가진 사람임에도 불구하고 그동안 사는 것에 매몰되어 북한 문제를 깡그리 잊어버리고 있었다.

대표는 북한 인권의 참상을 세계에 알리는 일을 할, 영어가 가능한 탈북민이 필요하다고 했다. 그의 말에 설득당해 나는 2018년 가을, 휴학계를 내고 미국으로 넘어갔다. 그리고 약 4개월 동안 링크의 지원을 받아 LA, 샌프란시스코, 뉴욕, 워싱턴 DC, 텍사스 등 미국 전역을 돌며 북한 인권 강의와 토크 콘서트를 진행했다.

미국에서 나는 부끄러움을 넘어 죄책감을 느꼈다. 한국에서는 북한 인권이 항상 정치적인 이슈로 다뤄지거나 연로한 사람들이나 하는 대화 소재로 치부되기 일쑤였다. 그런데 미국에서는 한국 사람보다 오히려 더 북한에 관심을 가지고, 북한 인권에 진심인 모습을 보여주었다.

결정적으로 내 눈을 트이게 한 것은 뉴욕의 한 고등학교에서였다. 〈해리 포터〉에나 나올 법한 건물처럼 생긴 사립고등학교였다. 대략 40여 명의 남녀 학생들이 활동하는 북한 인권 동아리에서 강사를 초대했고, 내가 그곳을 방문하게 된 것이다. 강의가 끝난 후 궁금해서 물어봤다.

― 여러분은 북한에 친척이 있는 것도 아니고, 북한에 가본

적도 없어요. 관심을 가질 만한 이유가 눈곱만큼도 없는데, 왜 이렇게 북한 인권에 관해 관심을 갖나요?

동아리 회장이 내 질문에 답했다.

― 태어나보니 자유가 있는 세상이었어요. 태어나면서 자유가 없이 사는 사람들, 나와 완전히 다른 사람들을 위해서 내가 하루에 5분 정도 시간을 내어 이야기하는 것은 그렇게 어려운 일이 아니에요. 오히려 이런 활동을 함으로써 내가 자유인으로서 조금 더 긍지를 느낄 수 있어요.

그들은 자유가 있는 세상이 얼마나 편하고, 자신들의 삶이 축복받은 것인지 몰랐지만, 북한에서 넘어온 사람들의 이야기를 들으면 비교가 된다고 했다. 이때 느끼는 감정은 내가 훌륭한 세상에서 살고 있구나 하는 우월감이나 안도감보다는 책임감으로 다가왔다고 했다. 자유를 가진 사람이 자유가 없는 사람들을 위해 목소리를 내는 일을 너무나 당연하게 여기고 있었다.

미국에도 대학 입시를 위한 동아리가 많다. 시험 성적도 중요하지만, 고등학교에서 어떤 활동을 했느냐도 중요한 평가 기준이 되기 때문이다. 하지만 북한 인권 동아리는 대학 입시와는 전혀 상관없이 오로지 그들의 관심사에 따라 활동하고 있었다. 어린 학생들이었지만 진심이 느껴졌다.

　망치로 뒤통수를 강하게 한 대 내려 맞은 느낌이었다. 자유를 찾아 모든 것을 내려놓고 북한을 탈출했음에도 먹고사는 일, 학점 관리나 어학 연수 준비와 같은 현실적인 문제에 매여 북한을 잊고 살았다. 미국 학생들은 북한 인권 따위 관심 가지지 않아도 뭐라고 할 사람이 아무도 없다. 나는 감정조차 남아 있지 않아 메마르게 이야기를 하는데, 미국 학생들은 내 이야기를 들으며 눈물을 뚝뚝 흘렸다.

　그 모습을 보며 나는 지금까지 도대체 무엇을 하며 살았던 것일까 하는 자괴감이 들었다. 내가 북한 사람으로 살았던 것은 불과 5년 전의 일이었다. 그 5년 동안 자신의 본분을 잊고 지냈다는 생각이 들었다. 앞으로 내가 어떻게 살 것인가에 대해 다시 정의를 내려야 했다.

　이때부터 나는 유학을 생각했다. 그전까지 나는 다시 유학할 마음이 전혀 없었다. 어릴 때부터 목표였던 외교관이 되기 위해 한국에서도 정치외교학과에 들어갔고, 외교관 시험을 준비하고 있었다. 외교관은 한국에서도 엘리트다. 존중받는 직업이며 선망하는 직종이기도 하다. 무엇보다 먹고살기 편하다. 그런데 미국에서의 활동을 계기로 그 목표가 잘못된 길이라는 것을 깨달았다.

작은 관심은
작은 변화밖에
가져오지 못한다

2018년 링크 지원으로 미국에 갔을 때 나는 미국인들이 북한 인권을 다루는 방식에 큰 충격을 받았다. 한국의 북한 인권 단체들의 기본자세를 한마디로 표현하면 '한 푼 주십시오'다. 일단 저자세로 시작하는 것이다. 그 이면에는 북한의 인권 실태가 너무 처참하지 않느냐, 북한 동포들이 너무 불쌍하니 도와야 하지 않겠느냐, 우리 NGO가 북한 인권 운동을 열심히 할 수 있도록 후원을 해달라는 동정을 요구하는 마음이 깔려 있다. 나도 미국에 가기 전까지는 그 방식이 옳은 줄 알았다. 하지만 링크의 방식은 전혀 달랐다.

LA에서의 일이다. 링크는 고급 호텔에 베벌리힐스 부자들을 모아놓고 파티를 열었다. 파티에 참석한 사람들은 턱시도와 드레스 차림으로 근사하게 꾸미고 나타나 먹음직스러운 스테이크와 와인을 마시며 파티를 즐겼다. 링크는 첫 순서로 탈북민 네 명을 내세워 북한과 관련한 그들의 이야기를 들려주었다. 나도 그 멤버 중 한 명으로 연단에 나가 내가 북한에서 어떻게 살았고 한국에 왜 왔는지를 들려주었다. 태어나서 처음으로 하는 영어 연설이었다. 참석자들은 자신들이 살고 있는 곳과 전혀 다른 세상이 있다는 사실에 잠시 숙연해졌다. 탈북민들의 스피치가 끝나자 본격적인 행사가 시작되었다.

강사가 나와서 북한 인권 운동의 역사, 북한 인권 운동의 당위성을 설명한다. 그리고 북한 인권 운동에 참여하는 것이 얼마나 의미 있는 일인지, 북한 인권 이슈를 해결하는 것이 지구촌에 어떤 영향을 미치는지, 이 일에 참여하는 것이 얼마나 명예로운 일인지에 대해 열변을 토한다. 위축되어 저자세로 굽신거리는 것이 아니라 북한 인권 활동에 참여하는 것이 얼마나 멋진 일인지를 보여주는 것이다. 지구상에 유일하게 남아 있는 3대 세습 국가의 문제를 해결하는데 미국인이 동참해야 하지 않겠느냐, 이처럼 위대하고 멋있는 일에 동참할 부자를 선별해보겠다며 도발한다. 기부를 받는 방식도 남다르다. 가능한 만큼 내라는 것이 아니라 마치 경매하듯 금액을 제시한다.

— 10만 달러!

처음 금액을 듣는 순간, 나는 내 귀를 의심했다. 10만 달러면 한화로 1억 원이 넘는 돈이다. 그 큰돈을 지구촌 귀퉁이, 아주 작은 나라에 불과한 북한의 인권을 위해 선뜻 내겠다고 하는 사람이 있을까? 베벌리힐스나 월가의 사람들은 돈을 벌기 위해 치열하게 사는 만큼 돈을 함부로 쓰지 않는 것으로 유명하다. 돈을 써야 할 때는 깐깐하게 살피고 점검한다. 그런데 내 생각과 달리 일곱 명이 손을 들었다. 놀라웠다. 허투루 자기 돈을 내놓지 않는 사람들이 주저 없이 큰돈을 내는 것을 보며 링크가 대단하게 느껴졌다. 10만 달러에서 시작한 모금액은 역순으로 내려가는 식이다. 그날 하룻저녁 모금한 돈은 대략 100만 달러 정도였다. 몇 시간 만에 10억 원이 넘는 돈이 모금된 것이다. 10억 원은 한국의 NGO 단체 하나가 모금하려면 족히 5년은 걸릴 금액이다.

그 광경을 지켜보던 나는 생각을 완전히 바꿨다. 한국이라는 조그마한 땅덩어리에서, 북한의 인권에는 관심도 없는 사람들 사이에서 고군분투하는 게 얼마나 비효율적인지를 깨달은 것이다. 북한 인권 운동을 하려면 국제무대로 나가 활동해야 더 큰 관심을 끌 수 있겠구나 하는 생각을 깊이 하게 된 것이다.

나는 큰 관심이 큰 변화를 유도한다고 생각한다. 작은 관심은 작은 변화밖에 가져오지 못한다. 아예 변화를 만들어내지 못할 수도 있다. 나는 그때부터 북한 인권의 세계화를 꿈꾸는 사람이 되었다.

북한 인권 운동도 이제 변해야 한다. 국제사회가 북한 인권 운동에 관심을 가져야 돈이 모이고, 돈이 모여야 무엇인가를 할 수 있는 역량이 생긴다. 역량이 커지면 인재들이 모이고 변화를 끌어낼 수 있다.

링크는 여전히 이러한 방식으로 활동하고 있다. 매년 각 도시에서 갈라 행사를 열고, 그 행사를 통해 큰 금액을 모금하며, 북한 인권 문제 해결을 위한 동참을 유도한다. 링크는 행사를 통해 북한 인권 운동이 얼마나 중요한 일인지를 사람들에게 각인시키며, 국제적으로 상당히 영향력 있는 방식으로 이 문제를 다루고 있다. 물론 링크의 방식에 대해 북한 인권을 지나치게 상업화하는 것이 아니냐는 비판도 있다. 내 생각은 다르다. 뭔가를 이루기 위해서 돈은 필요하다. 인권 운동가들도 밥을 먹고는 살아야 한다. 돈은 벌지 못하면서 사명감, 정의감만 내세우는 것은 참으로 고리타분한 일이다.

2018년 미국 활동으로 시야를 넓힌 나는 코로나19 팬데믹 기간을 제외하고 국제무대에서 활동할 기회가 생기면 적극적으로 참가했다. 2019년 10월 런던에서 열린 '원 영 월드One Young World'에 초대를 받았다. '원 영 월드'는 전 세계 젊은 지도자들을 모아 세계적인 이슈에 대한 해결책을 개발하는 비영리 단체로 항상 북한 인권을 다루고 있다. 나는 90여 개국에서 모인 2,000여 명의 청중

앞에서 연설해 좋은 반응을 얻었다.

2022년에는 미 국무부에서 한국 사회에 영향력을 미치는 인플루언서 15명에 선발되어 미국에 초대되어 간 적도 있다. 청년들이 모여 세계 공통 이슈에 대한 공감대를 형성하고 지속 가능한 발전을 모색하는 '영 리더스 포럼', 그 외에도 아시아 소사이어티, 백악관 등 영향력 있는 사람들을 만나 북한 문제를 알리기 위해 다방면으로 노력하고 있다.

특히 기억에 남는 것은 2024년 유엔 안보리에 초대받은 일이다. 원래 유엔 안보리에서는 핵이나 미사일 등 안보 관련된 이야기만 나눌 뿐 북한 인권 문제는 논의하지 않는다. 그런데 북한 인권도 안보 문제만큼 국제사회에 위협을 끼친다는 의견이 나와 이를 유엔 안보리에서 다루게 된 것이다. 이는 우리나라가 유엔 안보리 의장국이어서 가능한 일이기도 했다. 유엔 안보리에서 연설한 후에는 워싱턴으로 넘어가 미 국무부의 핵심 인물들을 만나 북한의 인권과 북핵 문제 등과 관련해 여러 가지 이야기를 나눴다.

미국, 영국, 독일 등 그들이 북한 인권에 접근하는 방식은 굉장히 신선했다. 그들은 북한 인권을 정치적 이슈가 아닌 인권적 가치로 들여다본다. 북한 인권 문제를 본인의 당리당략과 전혀 관계없이 오직 인간 문제로 받아들이는 것이다. 그렇기 때문에 좀 더 순수하게 인권 문제를 이해하고, 더 적극적으로 그 문제를 알리려고 하는 태도를 보일 수 있을 것이다.

성급한 일반화의 오류일지도 모르지만, 한국은 인권조차도 북한과 관련된 것이라면 대부분 정치적으로 이용한다. 그렇다 보니 국민이 인권이라고 하면 피곤해하고, 아예 거론조차 하지 않으려는 경향이 있다. 예를 들어 수업 중 북한 인권 문제를 거론하면 교사가 특정 성향이라고 해서 부모가 학교에 항의한다. 더 나아가서 대한민국 교육 자체가 기본적으로 북한 인권에 별 관심이 없다. 뉴욕의 사립고등학교 학생들은 인권 문제가 단 한 번도 정치적인 이슈라는 생각을 해본 적이 없다고 했다. 그 동아리에는 공화당을 지지하는 학생도 있었고, 민주당을 지지하는 학생, 심지어 아랍에서 온 학생도 있었다. 그들은 단순히 자유가 없다는 것이 잘못되었다는 것에 문제의식을 느끼고, 인권이라는 모토 아래 모인 것일 뿐 왜 인권이 정치적인 문제가 되는지 한국 상황이 이해되지 않는다고 했다.

나는 북한 인권을 정치로 인식하는 것 자체가 문제라고 생각한다. 인권은 먹고사는 절박한 문제이며, 삶과 죽음의 영역이다. 내가 이런 이야기를 하면 "쟤는 나중에 정치하려고 한다. 그래서 지금부터 빌드업하는 것"이라는 식으로 내가 의도하지 않은 말이나 반응을 접할 때가 많다. 종합적으로 생각해보면 북한 인권이라는 이슈가 소비되는 과정이 한국에서는 여전히 이질적이라고 느낀다. 북한 인권은 같은 민족으로서 남의 이야기처럼 받아들여서는 안 된다고 생각하지만, 실상은 그렇지 못하다. 어릴수록 이런 현상은 더하며, 아예 관심조차 두지 않는 경우가 많다. 안타깝기 그지없다.

이제
만나러
갑니다

한때 시사 방송 출연이 꿈이었던 시절이 있다. 그 꿈은 생각보다 빨리 이루어졌다. 2018년 미국에서 활동한 이후 나는 여러 방송에 출연했다. 미국에서는 미국 최대의 국제방송국인 VOA 라디오에도 나갔고, 영국에서 사회적인 문제를 다루는 유튜브를 찍은 적도 있다. 2021년 코로나19 팬데믹 때는 독일에서 다큐멘터리를 촬영했었다. 우리나라의 DMZ처럼 독일에도 과거 서독과 동독으로 분단되었을 때의 흔적인 '그뤼네스반트Grünes Band(그린벨트)'가 남아 있는데, 동독에서 서독으로 탈출했던 사진작가 위르겐 리터와 함께 그뤼네스반트를 따라 북에서 남으로 약 한 달간을 걸으며 서로의 경험을 공유하는 다큐멘터리였다(《내 인생의 DMZ》, OBS경인TV, 2021년 9월 방송).

방송을 접하면서 북한 문제를 널리 알리기 위해서는 매체를 활용하는 편이 훨씬 더 효과적이라는 것을 깨달았다. 개개인이 발로 뛰어다니는 것보다 방송을 통해 메시지를 전달하는 것이 더 영향력이 있다고 판단한 것이다. 촬영하면서 '이것 봐라? 나의 새로운 재능인가?'라는 생각이 들 정도로 방송을 잘할 수 있다는 자신감도 생겼다. 그러던 차에 채널A에서 방영하는 남과 북의 화합을 모색하는 소통 버라이어티 프로그램 〈이제 만나러 갑니다〉(이하 '이만갑')에서 방송 출연 제의를 받았다. 미국에서 미주중앙일보와 인터뷰를 했는데, 제작진이 그 기사를 보고 내게 연락을 했다. 그렇게 시작된 〈이만갑〉과의 인연은 2019년 4월부터 2022년까지 약 3년간 이어졌다. 그 외 채널A의 〈뉴스 TOP10〉, TV조선의 〈신통방통〉, 펜앤마이크 등 다양한 방송에 출연했지만, 〈이만갑〉은 내게 특별한 의미가 있다.

〈이만갑〉은 탈북민 커뮤니티와 거리를 두고 살고 있던 나를 다시 탈북민과 이어준 중요한 계기가 된 프로그램이다. 채널 특성상 탈북민 출연자가 많은 〈이만갑〉에 고정 출연하게 되면서 나는 방송국의 분위기에 적응하지 못해 혼자서 많이 겉돌았다. 그런 나를 다른 출연자들이 허물없이 대해주었고, 그로 인해 마음의 벽을 무너트릴 수 있었다.

현재 한국으로 넘어온 탈북민의 숫자는 3만 4,000여 명(2024년 기준)이다. 이 중 평양 출신은 손에 꼽는다. 평양이 다른 국경 도시와 비교해 탈북하는 것이 훨씬 어렵기도 하고, 북한의 수도이다 보니 북한 정권에 충성스러운 사람들이 많은 탓도 있을 것이다. 〈이만갑〉에서는 북한의 각 지역에서 온 탈북민들이 출연해 각자의 스토리를 이야기하는데 어느 사연 하나 행복한 이야기가 없었다. 힘들게 살았으니 탈북했겠지만, 북한의 특권층으로 살았던 나로서는 탈북민의 사연을 듣는 것이 쉽지 않았다. 다른 탈북민에 비하면 내가 겪은 탈북 과정에서의 고통은 새 발의 피였다.

나는 눈물이 별로 없는 편이다. 그런데 〈이만갑〉을 하면서 살면서 흘릴 눈물은 다 흘렸다고 해도 과언이 아닐 정도로 많이 울었다. 고정 패널로 방송에 출연하면서 내가 알던 것보다 북한의 현실이 더 참혹했다는 것을 알게 되었다. 나는 평양을 벗어난 적이 거의 없고, 다른 지역에서 무슨 일이 일어나는지 전혀 몰랐다. 북한 각지에서 탈출한 사람들이 털어놓는 이야기는 모두가 비극적이었다.

어려서 부모를 잃고 꽃제비가 되어서 떠돌다 한국으로 넘어온 탈북민이 북한에서 동료 꽃제비들이 어떻게 굶어 죽고 차에 치여 죽었는지, 자신의 사연을 무덤덤하게 이야기하는 모습이 그렇게 슬플 수가 없었다. 그가 내뱉는 단어 하나하나가 비수처럼 내 가슴에 내리꽂혔다. 일곱 번째 탈출에 성공했다는 출연자도 있었다. 탈북을 시도하다 여섯 번이나 잡혀 고문받다가 손까지 잘린 탈북민도 있었다. 신체 일부가 잘리는 아픔을 겪으면서도 탈출하겠다는 의지를 굽힐 수 없는 세상은 도대체 어떤 곳이란 말인가.

내가 태어나고 자란 곳임에도 불구하고 내가 알고 있는 곳과는 전혀 다른, 나와 동떨어진 세상의 이야기를 듣다 보니 모든 것이 초현실적으로 느껴졌다. 내가 누렸던 것들이 생각나면서 나는 그동안 무엇을 했는지, 21세기에도 말이 되지 않는 세상이 존재하며 여전히 아무것도 해결되지 않고 있다는 것. 우리가 방송에서 떠들고 있는 동안에도 누군가는 고통을 당하고 있을 것이라는 생각에 방송에서 통곡했던 적도 있다.

내가 알고 있던 북한이 수박 겉핥기식이었다는 것을 깨달았고, 그들이 느꼈을 고통이 내가 생각했던 것보다 몇 곱절이나 크다는 것을 알게 되면서 그제야 하나원에서 탈북민들이 내게 했던 행동이 이해되었다. 그들이 북한에서 느꼈을 상류층에 대한 분노는 당시 내가 이해할 수준이 아니었던 것이다. 그들도 아팠고, 나도 아팠던, 모두가 힘들고 아픈 시간이었던 것이다.

〈이만갑〉을 하다 보니 나만의 목소리도 필요해졌다. 〈이만갑〉은 종합편성채널이다 보니 제작진과 PD가 있고, 이슈에 따라서는 방송사의 방향에 맞춰 목소리를 내야 하거나 내가 하고 싶은 이야기를 못 하는 경우도 있었다. 좀 더 자유롭게 내 목소리를 내고 싶었다.

2019년 12월 〈난세일기〉라는 이름으로 유튜브를 시작했다. 나는 《난중일기》를 무척 좋아한다. 《난중일기》는 이순신 장군이

1592년(임진년)부터 1598년(무술년)까지 일어났던 임진왜란을 기록한 것으로, 어떻게 전쟁에서 승리할 것인가에 대한 고민과 전략을 담았다. 나도 한국의 난세에 대해 고민하고 기록하고 싶은 마음이 있었다. 〈난세일기〉는 이순신 장군의 《난중일기》에서 아이디어를 따온 것이다.

누군가는 지금의 대한민국이 가장 화려한 시절이라고 하지만, 나는 한반도가 난세라고 생각한다. 위로는 북한이 버티고 있고, 중국은 점점 강성해지며 한국을 심각하게 위협하고 있다. 일본은 친구라고 하지만, 믿을 수 없다. 이처럼 지정학적으로나 경제적으로도 쉽지 않은 위치일 뿐 아니라 민주주의조차 미국에 의해 강제로 해방되면서 외부에서 들여온 터라 제대로 성숙하지 못했다고 본다.

나는 한반도가 난세를 극복하고, 우리 민족, 우리나라가 어떻게 하면 앞으로 나아가고, 더 잘살 수 있는지를 치열하게 고민하고 연구하고 기록하자는 의미에서 〈난세일기〉라고 이름 지었다. 나의 정치 철학과 북한 문제를 알리기 위해 시작한 〈난세일기〉는 내가 제20대 대통령 선거 캠프에 들어가기 전인 2021년 9월 약 2년간 진행했다.

유튜브 방송을 하다 보면 댓글이 많이 달린다. 그중 '부모님을 버리고 온 배은망덕한 자식'이라거나 '뭐 그리 잘났다고 너를 키워주고 사랑해준 부모를 내팽개치고 이런 일을 할 수 있냐?', '네가 하는 말은 하나도 믿지 않겠다'라는 식의 악의적인 댓글도 정말 많다. 이 때문에 공황장애도 앓았고, 사람을 만나기 싫었던 적도 있다. 누군가에게 이해를 바라는 것도 아니고 순간마다 내가 내릴 수 있는 최선의 선택을 했을 뿐인데 사람들은 이걸 몰라주는구나, 섭섭하고 아쉬웠다. 그 과정에서 내가 얼마나 많은 눈물을 흘렸고 가슴 찢어지는 고통을 겪었는지에 대해서는 관심도 없구나, 라는 생각에 정말 많이 힘들었다. 그와 반대로 '북한에 관해 이야기할 때는 너무 공격적으로, 지나치게 비난하지 마라. 북한의 가족을 생각해서라도 톤을 낮추고 이야기하라'며 나를 염려해주는 댓글도 있다.

나는 한국으로 넘어온 이후 부모님과 한 번도 연락이 닿은 적이 없다. 나는 내가 실종된 것처럼 여겨지길 바랐고, 그래서 한동안 조용히 살았다. 내가 이름을 밝히는 순간, 우리 가족에게 피해가 갈 것은 자명한 사실이었기 때문이다. 하지만 장성택 처형 사건 이후 나는 공개적으로 활동을 시작했다. 장성택 숙청 사건 당시 2~3천 명이 처형됐다. 정치범수용소에 보내진 사람도 있지만, 그들도 십중팔구 죽는다고 봐야 한다. 만약 내가 탈북하지 않았어도 장성택 사건 때문에 우리 집안이 처단되었을 거라고 이야기하는 사람도 있다. 하지만, 그것은 어디까지나 내 죄책감을 덜기 위한 변명이다. 나 때문에 부모님이 피해를 본 것에 대해서는 100퍼센트 인정한다. 하지만 20대 초반, 나는 내가 아니면 누가 이 일을 할 것인가라고 생각했다. 누구나 북한이 엉망진창이라는 현실을 알지만, 두려워서 행동하지 않는다. 가족을 볼모로 잡고 아무도 진실을 공개하지 못하도록 하는 것이 북한의 수법인데, 그것을 뻔히 알면서도 그들의 수법에 놀아나야 하는가. 나는 행동하기를 택했고, 그로 인해 잃은 것이 너무 크다. 부모님을 잃고, 친구도 잃고, 내가 가진 모든 것을 다 잃었다. 그런데 한국에서 내가 사람들의 비난 때문에 유튜브를 접는다면 내게 과연 남는 것은 무엇이겠는가.

개중에는 출연료 혹은 유튜브로 돈을 벌기 위해 스토리를 판다고 생각하는 사람도 있다. 알고 보면 출연료는 아주 적다. 그걸 벌겠다고 내 스토리를 판다는 것은 말이 되지 않는다. 이제는 나를 비난하는 사람은 그대로 인정한다. 모든 사람을 내 편으로 만들 수는 없기 때문이다.

〈이만갑〉에는 많은 패널이 나온다. 북한은 워낙 폐쇄적인 사회다 보니 각자 자기가 태어나서 자란 고향밖에 모른다. 이웃 동네에서 일이 벌어져도 알 수 없다. 나 역시 평양을 벗어난 적이 거의 없어 다른 지역에서 무슨 일이 벌어지는지 잘 몰랐다. 그러다 보니 같은 시기에 살던 사람들도 개인이 가지고 있는 정보가 달라 서로 거짓말이라며 싸우는 일이 종종 있었다. 이런 모습을 보면서 내가 세운 원칙이 한 가지 있었다. 내가 아는 것만 이야기하겠다는 것이다.

내가 아무리 북한이 싫고 북한 체제가 증오스럽다고 할지라도 객관성을 잃으면 안 된다고 결심했다. 객관성을 잃고, 그에 더해 나의 주관적인 증오가 더해지면 정보는 변질될 수밖에 없다. 생각해보라. 누군가 싫으면 그들을 악마화하고 싶어진다. 실제 악마이기도 하지만, 그렇다고 필요 이상 그들을 악마화하고 싶지는 않았다. 그래서 나는 철저하게 내가 알고 있는 정보를 정확하게 전달하는 데만 중점을 두었다. 이러한 원칙이 성공적이었는지 방송하는 동안 '김금혁은 거짓말쟁이'라는 말을 들어본 적이 없다. 〈이만갑〉 패널 중 가장 논리적이고, 객관적으로 정보를 잘 전달한다는 평가를 많이 받았다. 방송에서 내가 받은 칭찬 중 가장 뿌듯한 대목이다.

2024년 말부터 〈난세일기〉를 〈시사탱크〉로 바꿔 다시 유튜브를 시작했다. 〈시사탱크〉에서는 국제 정치와 세계 이슈, 국내 정치 등을 다루고자 한다. 〈난세일기〉 때보다 구독자가 배가 늘어 2025년 4월 11만 명을 훌쩍 넘어섰다. 내 신변에 변화가 생겨도 〈시사탱크〉만큼은 장기적으로 끌고 갈 예정이다. 더 많은 사람에게 지지받으며 시사 전문가로서 확실히 자리매김하기 위해.

평양 남자,
서울 여자를
만나다

2019년 유튜브를 시작하고 얼마 지나지 않아 아내를 만났다. 아내와의 만남에서 드라마틱한 요소는 없다. 여느 사람들과 마찬가지로 평범하다. 재미있는 점이 있다면 처음 본 형이 소개팅을 주선했다는 사실이다. 주선자는 지인이 소개해준 형으로, 미국에서 국제 정치를 전공했고 북한 문제에 관심이 많은 사람이라 대화가 잘 통할 것이라고 했다.

처음 만나 어색하게 밥을 먹고 있는데 갑자기 "금혁 씨, 사귀는 사람 있어요?"라고 묻기에 없다고 했더니 그러면 소개팅을 하겠냐고 했다. 당시 나는 "소개팅하실래요"라는 말은 "언제 밥 한번 먹죠"라는, 한국인들이 흔히 하는 인사치레 정도로 생각했다. 그래서 "네, 그러죠"라고 가볍게 받아넘겼다. 그런데 이 형이 생각보다 추진력이 상당했다. 다음 날 바로 문자가 왔다. 이화여대를 졸업하고 서울대학교에서 정치학 석사 과정을 밟고 있는, 그가 가르치는 학생 중 가장 똑똑한 여성이라며 만나볼 의향이 있냐고 물었다.

사실 나는 '자만추(자연스러운 만남 추구)'로 자연스럽게 만나는 과정에서 상대의 삶과 성격을 알아가는 것을 좋아한다. 소개팅은 처음 만난 상대에게 내가 어떤 사람이고 어떤 삶을 살고 있으며 앞으로는 무엇을 할 것인지를 인위적으로 끄집어내 이야기해야 한다. 소개팅은 나의 성향과 정반대의 지점에 있는 행위였다. 그래서 그때까지 소개팅이란 것을 해본 적이 없었다. 한편으로 나는 거절을 잘 못하는 성격이기도 하다. 주선자의 선의를 거절하는 것도 예의는 아니라는 생각에 소개팅을 받아들였다. 하지만 성격상 단둘이 만나는 것은 도무지 내키지 않았다. 한마디도 못 할 것 같았다.

주선자에게 모르는 여자를 만나는 것이 부담스러우니 함께 나와주면 안 되겠냐며 동행을 요청했다. 그때만 해도 나의 가벼운 언동을 땅을 치며 후회하게 될 줄은 몰랐고, 오히려 흔쾌히 나와주겠다고 한 형에게 감사하다고 했다. 그렇게 별다른 정보도 없이 소개팅 장소로 나갔다.

나는 시간 약속에 철저한 사람이다. 늦는 것을 별로 좋아하지 않는다. 10여 분 늦어지는 상대들 때문에 약속 장소에서 투덜거리고 있는데, 문이 열리고 한 여성이 들어왔다. "늦어서 죄송합니다"

라고 말하며 환하게 웃으며 들어오는 그녀를 보고 한눈에 반해버렸다.

순간적으로 마음을 빼앗겼지만, 내 몸은 마음과 전혀 별개로 움직였다. 1차에서 2시간 정도 대화를 나눴는데, 대부분을 나와 주선자 둘이서 떠들었다. 하필이면 그녀가 내 옆자리에 앉아 얼굴조차 제대로 볼 수가 없었다. 용기가 나지 않아 도둑질하듯 곁눈질로 힐긋힐긋 그녀를 쳐다보다가 1라운드가 끝나고 말았다. 2차로 칵테일 바를 갔다. 내심 주선자가 돌아가 주기를 바랐지만, 눈치 없고 술 좋아하는 형은 일말의 망설임도 없이 당연한 듯 2차에 따라나섰다. 주선자를 떼어놓기 위해 다시 3차를 요청했다. 주선자는 이번에도 따라왔다. 다행히 형은 3차에서 자리에 앉자마자 뻗어버렸고, 술기운이 어느 정도 돈 상태였던 나는 용기를 내어 그녀와 대화를 시도할 수 있었다.

— 사실 제 고향은 채린 씨가 생각하는 평범한 곳이 아닙니다.
  좀 많이 특별한 곳이에요.
— 마다가스카르예요?
— 그건 아니고 북한, 평양입니다.
— 탈북민이세요?
— 네.
— 그게 뭐 그렇게 특별한가요? 우리 대학에서도 알고 지내는

탈북자 오빠 있어요. 북한에서는 어떻게 사셨어요?

내겐 나름대로 전략이 있었다. 상대가 놀라면 어떻게 달랠 것인지에 대해서도 생각해둔 상태였다. 그런데 그녀의 반응이 너무 의외였다. 아무렇지도 않아 보였다. 기대했던 반응과 너무 달라 오히려 내가 놀랐다. 어떻게 놀라지 않을 수 있느냐고 묻자 그녀가 말했다.

— 제게 중요한 건 내게 잘해줄 수 있는 사람인지, 됨됨이는 어떤지, 여성을 대하는 태도와 여성을 바라보는 시각, 가족에 대한 태도가 중요하지 북한에서 왔다는 건 그리 놀랄 일이 아니에요.

예상치 못한 답변에 제대로 스텝이 엉켜버린 나는 제대로 된 대화도 못 하고, 모범택시에 태워 그녀를 보내야만 했다.

나는 바로 애프터를 신청했다. 거절하면 어쩌지 하는 걱정도 했지만, 다행히 그녀는 애프터를 수락해주었다. 나는 소개팅 날 취한 와중에도 아내가 했던 말을 기억해 그녀가 좋아한다고 했던 프렌치 레스토랑으로 약속 장소를 잡았다. 훗날 아내는 술자리에서 스치듯 한 이야기를 기억해서 감동받았다고 했다. 하지만, 첫

날 나에 대한 인상은 별로였었다고 했다. 북한 출신이어서가 아니라 소개팅 내내 주선자하고만 대화해서 자신에게 관심이 없다고 생각한 것이다. 한 번 더 만나서 마음에 들지 않으면 애프터 비용을 자신이 내고 더는 만나지 않겠다는 이야기를 하려고 나왔다고 했다. 다행히 애프터 비용은 내가 냈고, 그녀는 다음에 만나면 자신이 저녁을 사겠다고 했다. 순간, 직감했다. 세 번째 만남이 승부처가 되겠구나.

열흘쯤 뒤로 약속이 잡혔다. 인도식 카레를 먹어보고 싶어 하는 그녀가 원하는 레스토랑으로 향했다. 이날 나는 마음을 다했다. 내가 살아왔던 여정, 개인의 삶보다 대의명분에 무게를 두고 살 수밖에 없는 삶의 설계, 비전 등 장장 여섯 시간이나 이야기를 나눴다. 열정을 토해냈다고 하는 것이 맞을 것이다. 당시 아내는 이 사람은 나를 행복하게 해주겠다는 말은 하지 않고, 자기랑 같이 있으면 고생할 거란 이야기를 이렇게 장황하게 하는 것일까 의아했다고 한다. 그와 동시에 오히려 그런 모습이 멋있고, 이상적이고 담론적이긴 하지만 뻔한 일상이 아닌, 삶의 가치와 목표에 관해 이야기하는 모습이 신선하다고 했다.

그녀는 2차로 분위기 좋은 와인 바에 가고 싶다는 의향을 내비쳤다. 밥을 먹다 말고 나는 분주해졌다. 평소 잘 알고 지내던, 친한 와인 바 사장에게 전화를 했다. 마음에 드는 여성과 함께 갈 예정이니 좋은 자리와 와인, 안주, 달콤한 음악을 준비해달라고 부탁했다. 이곳에서 나는 진심을 고백했고, 우리는 진지하게 사귀어보기로 약속했다. 너무나 행복했다. 내 생에 아름다운 선물이 찾아든 것 같았다. 하지만, 내게는 또 하나의 높은 허들이 남아 있었다. 그녀의 부모님이었다.

고맙고
든든한
가족

　　나는 결혼을 빨리 하고 싶었다. 가족 하나 없는 처지가 외롭기도 했고, 결혼해서 안정적인 가정을 꾸리고 싶었다. 나름대로 결혼 전략도 세워두었다. 하지만, 평양 남자가 한국 여성과 결혼한다는 것은 쉽지 않은 일이었다. 한국에서 북한과 남한 커플은 심심찮게 볼 수 있다. 하지만 대부분 북한 여성과 한국 남성 커플이지, 북한 남성이 한국 여성을 만나 결혼하는 것은 손에 꼽을 정도로 드물다.

　　고백하자면 한국에서 연애를 몇 번 했다. 그러나 넘을 수 없는 높은 벽이 있었다. 바로 부모였다. 사귀었던 여성들은 만날 때는 내가 북한 출신인 것을 인정하고 괜찮다고 했지만, 정작 내 존재를 부모에게 공개한 적은 단 한 번도 없었다. 그 사실이 나를 슬프게 했다. 이성적으로는 이해한다고, 그럴 수 있다며 아무렇지도 않은 척했지만, 그럴 때마다 마음의 상처가 되었다. 그렇게 몇 번의 실패를 경험하다 보니 좌절감이 들었고, 자존심도 크게 상했다.

아내를 만나자마자 '이 여자와 결혼하고 싶다'라는 생각을 어렴풋이 했다. 하지만 과거가 나의 발목을 붙잡았다. 오래된 상처가 현재의 희망을 덮어버린 것이다. 이 친구는 과연 부모님께 나와의 교제 사실을 알릴까?

내 예상과 달리 아내는 나와 소개팅한 날, 부모님께 나에 대해 이야기를 가감 없이 하고 자문까지 얻었다. 심지어 호감도 없으면서 애프터에 나온 것은 어머님의 조언 때문이었다고 했다.

어머니는 "한 번 만나서 그 사람에 대해 어떻게 알 수 있겠니. 한 번 더 만나자고 하면 만나보렴. 그때도 별로면 내 딸 판단이 맞는 것이니 거절해도 괜찮아. 하지만 그 사람도 국제 정치에 관심이 많고, 너도 정치학 석사 과정 중이니 만약 그 사람이 마음에 들지 않는다고 해도 좋은 동료로 지내도 괜찮지 않겠니? 남녀가 꼭 연인으로 지낼 필요는 없잖아"라고 하셨다고 한다.

아마 어머니는 애지중지 키운 외동딸이 진짜 탈북자와 사귈 것이라고는 생각하지 못하셨을 수도 있다. 좋게 말씀하셨다고는 하지만, 정작 둘이 사귄다고 하자 많이 놀라셨다고 한다. 특히 현직 경찰이셨던 아버지는 노발대발하셨다고 한다. 정보 관련 일을 하다 보니 아버지는 직간접적으로 탈북민을 많이 만나셨을 뿐 아니라 2000년대 중반에 직접 북한을 다녀오시기도 했다. 경찰이 탈북민을 만날 이유가 무엇이겠는가. 주로 범죄와 연루된 것 아니겠는가. 그렇다 보니 탈북민에 대한 인식이 좋을 리 만무했다. 딸이 탈북민에다 직업도 없고, 집도 없고, 가진 것은 몸뚱이 하나뿐인 남자를 만나겠다고 하니, 쉽게 허락할 리가 없었다. 결국 탈북민과 만날 거면 호적을 파겠다는 이야기까지 오갔다고 한다. 아내는 "사람을 만나지도 않고 어떻게 그렇게 이야기를 할 수 있느냐"고 대들었고, 부모님은 "그럼 이왕 이렇게 된 거 얼굴이나 보자며 집에 데리고 오라"고 하셨다.

우리가 세 번째 만나 사귀기로 한 건 2020년 1월 초로 약 2주 후가 설이었다. 비록 마음에 들지는 않지만, 혼자 쓸쓸하게 지낼 나를 생각해 굳이 명절에 부르신 것을 보면 평소 장인 장모님의 성품을 알 수 있는 대목이다.

아무런 준비도 없이 갑자기 그녀의 부모님을 만난다고 하니 엄청난 압박을 받았다. 그렇게나 높게 느껴졌던 허들이 갑자기 내 앞에 툭 떨어진 것이다. 어떻게든 밥 한 끼만 먹고 오자는 생각에 마음을 다잡고 약속 장소로 나갔다. 하지만 그날 나는 한 끼가 아닌 두 끼를 먹어야 했다.

아내의 부모님과 약속을 잡은 것은 계양역 근처의 일식집이었다. 명절 점심시간, 아내를 만나 식당으로 향했다. 한국에 와서 여자친구의 부모님을 만나는 것은 처음이었다. 무슨 말을 어떻게 해야 할까? 나를 어떻게 보실까? 머리가 복잡하다 못해 하얘졌다. 식당에 도착해 문을 보는 순간, 정신이 번쩍 들었다.

> ― 자리에 앉아 일어설 때까지 두 분을 설득하지 못하면 내 인생은 절대 바뀌지 않겠구나.

맛있는 걸 사주고 싶으셨는지 비싼 식당이었다. 비싼 곳에 가면 염치 차릴 것 없이 맛있게 먹어야 하는데 음식이 눈에 들어올 리가 없었다. 장인어른이 근엄하게 물으셨다.

> ― 자네는 뭘 좋아하나?
> ― 일식, 좋아합니다.
> ― 다행이군.

사실 나는 일식, 특히 회를 좋아하지 않는다. 좋아하지도 않는 요리에, 잔뜩 긴장한 탓에 음식이 목으로 넘어가는지 코로 넘어가는지 알 수 없었다. 거의 먹지를 못했다. 멋있는 모습을 보여주고 싶기도 했고, 내가 조금이라도 더 똑똑해 보였으면 했다. 매너를 지켜야 한다는 생각에 단어 하나하나 신경을 쓰다 보니 그날 무슨 말을 했는지도 전혀 기억이 나지 않을 만큼 긴장했다. 내가 어떤 사람이고, 어떻게 살 것이며, 채린이를 어떻게 행복하게 해줄 것이며, 적어도 내가 인격적으로나 도덕적으로나 하자가 없는 사람임을 강조했다. 지금은 돈도 없고 학생이지만, 지금 가진 것보다는 앞으로 가질 수 있는 것을 봐달라며, 피를 토하는 심정으로 이야기를 쏟아냈다.

식사가 끝나갈 무렵, 장인어른이 내 어깨를 두드리며 "자네 이 자리가 끝난 후 무엇을 할 것인가?"라고 물으셨다. 데이트를 할 것이라고 하자 "그럼, 저녁까지 먹고 가게"라고 하셨다. 그날 장모님은 생각지도 못한 갈비찜을 하느라 혼이 나셨고, 나는 자고 가라는 장인어른의 청을 거절하느라 애를 먹었다.

부모님의 허락을 받아 둘이 사귀기 시작한 지 얼마 지나지 않아 우리는 동거를 시작했다. 당시 아내는 서울대학교 석사 과정을 밟으며 기숙사에서 지내고 있었는데, 내가 혼자 사는 모습을 보더니 따뜻하게 보듬어줄 사람이 필요하다고 생각했는지 내 임대주택에 아예 들어온 것이었다.

그리고 얼마 후 그녀의 부모님이 딸이 사는 모습을 보겠다며 임대주택에 찾아오셨다. 이미 아내와 장인 장모님은 한바탕 언쟁을 끝낸 상태였다. 우리 둘의 동거가 어이없고 화를 낼 만한 상황이었지만, 그에 대해 아무런 말씀도 없으셨다.

부모님은 임대주택을 한번 쓱 돌아보고 난 후 "괜찮군"이라는 한마디만 하고 떠나셨다. 10평도 채 되지 않는 집에 볼 것이나 있었겠는가. 장인어른은 집으로 돌아가는 차 안에서 눈물을 흘리셨다고 한다. 눈에 넣어도 아프지 않을 외동딸이 혈혈단신 북한 남자에게 빠져 좁디좁은 집에 들어가 동거까지 한다니 그 심정이 오죽했겠는가. 하지만 자식 이기는 부모 없다고. 모든 걸 받아들이신 장인 장모님은 우리의 동거에 대해 아무 말씀도 하지 않으셨다. 오히려 집 꼴이 말이 아니라고 생각했던지 나 몰래 와서 집을 6시간 넘게 대청소하고 가셨다. 딸과 같이 지내는 공간이니 다른 건 모르겠고, 일단 집이나 좀 깨끗하게 치우고 살았으면 좋겠다는 마음이었으리라.

이후 장모님은 하나씩 하나씩 집안 물건을 바꿔주셨다. 이렇게 해라, 저렇게 해라, 강압적인 것이 아니라 "이제 둘이 지내게 되었으니 자네가 부담스럽지 않으면 냉장고를 하나 사주고 싶은데, 괜찮겠냐? 부담스러우면 강요는 하지 않겠다"라고 물어보는 식이었다. 당시 내가 쓰고 있던 가전제품은 대부분 재활용센터에서 구입한 것이었고, 침대도 딱딱한 싸구려였다. 장모님은 "이런 거 쓰면 허리 상한다"며 침대를 바꾸고, 이불을 바꾸고, 책장 위치를 바꿔주셨고, 장모님 덕분에 우리의 공간은 점점 쾌적해져갔다. 당시 장인 장모님 댁과 우리 집은 2시간 남짓 걸리는 거리였다. 그 먼 거리를 한마디 불평도 없이 오가며 집을 정리하고 김치와 반찬을 가져다주시는 것을 보며 나를 받아주셨다는 것을 느낄 수 있었다. 가슴 언저리가 따뜻하게 차올랐다.

장인 장모님은 나를 받아들인 후 항상 든든한 뒷배가 되어주셨다. 장모님은 나를 만나기 전 내가 출연한 〈이만갑〉과 유튜브 〈난세일기〉를 일부러 찾아서 보고 나오셨다. 당신께서 내적 친밀감이 어느 정도 생기다 보니 긴장된 분위기를 풀어주기 위해 애써주셨고, 내가 상처받지 않도록 노력하는, 생각이 깊은 분이었다. 그리고 몇 번 더 나를 만나면서 이 사람이라면 내 딸을 맡겨도 괜찮겠다, 사막에 떨어져도 어디선가 물과 음식을 구해서 내 딸을 지켜낼 수 있으리라는 확신이 서신 듯했다.

친척이나 지인 중 분명 "어떻게 탈북자를 사위로 받아들일 수 있느냐?"고 하는 사람도 있었을 것이다. 그때마다 두 분이 나서서 그런 편견은 갖지 말라고 하시며 언제나 나를 보호하고 감싸주셨다. 그분들 덕분에 내가 훨씬 안정된 상태에서 결혼할 수 있었다. 일이 잘 풀릴 때도 있고, 잘 안 풀릴 때도 있다. 일이 잘 안 풀릴 때는 잘 풀릴 때보다 훨씬 더 나를 많이 격려해주고 응원해주신다.

내가 책임감이 강하다는 것을 아는 장모님은 가족이 생긴 후 돈이 없으면 마음이 상할까 봐, 남편으로서의 존엄을 유지하고 자존심 꺾이지 말라고 항상 몰래 용돈을 챙겨주시곤 한다. 장인어른도 마찬가지다. 어색하게 봉투를 쓱 내밀며 "과자 사 먹어"라고 하신다. 세상에 30만 원짜리 과자가 어딨는가.

"북한에서 왔다는 이유로 기죽지 말아라. 네 옆에는 우리가 있다", "우리가 너를 응원하고 지원할 테니, 너는 나가서 하고 싶은 거 마음껏 하라"고 하신다. 우스갯소리로 "정치는 초가삼간 다 불태워 먹는 직업인데, 괜찮을까요?"라고 하면 "네가 불태워도 남는 것은 있겠지. 굶어 죽지는 않을 거야"라며 용기를 주신다.

장인 장모님은 내게 항상 하고 싶은 걸 하고 살라 하시며, 한 번도 내가 정치하겠다는 것에 대해 반대하신 적이 없다. 내게 있어 두 분은 친아버지 어머니와 다름없으며, 지금은 사위라기보다는 아들처럼 지내고 있다.

언제나
예상을
빗나가는 여자

아내는 항상 나의 예상을 뛰어넘는 사람이다. 연애를 시작할 무렵, 한국에서 8년 정도 지냈지만, 나는 여전히 아무것도 가진 것 없는 빈털터리였다. 집은 정부가 마련해준, 단칸방 비슷한 투룸의 임대주택이었고, 살림살이도 비루했다. 게다가 학자금 대출도 있었다. 당시 정기적인 방송 출연과 유튜브를 하고 있어 학생 치고는 수입이 나쁘지 않았다. 통장에 돈이 조금 있기는 했지만, 평범한 한국 남자들에 비하면 내세울 것 없었고 가난했다. 그런 내 사정을 알고도 아내는 아무런 조건 없이 내게 왔다.

처음 만날 때부터 부모에게 숨기지 않고 내 신상을 공개한 것도 그렇고, 사귄 지 얼마 지나지 않아 나와 동거를 시작한 것도 그렇다. 당연히 부모님은 노발대발했지만, 아내의 의지는 확고했다. 아내가 이처럼 당당할 수 있었던 것은 나에 대한 자신감이 있었기 때문이라고 하지만, 이 역시 일반적인 한국 사람과 다르다. 한국에서는 결혼할 상대의 조건과 혼수를 따지는 것이 기본이다. 아내는 항상 우리가 일반적이라고 하는 사고를 뛰어넘었고, 자기만의 방식이 뚜렷했다.

나와 동거를 시작한 아내는 둘 다 학생 신분이면 우리를 지켜보는 사람들이 불안할 것이라며 한 명이라도 안정적인 수입이 있어야겠다고 했다. 그리고선 당시 한 학기밖에 남지 않은 대학원을 휴학하고 곧바로 취직했다. 반년만 고생해서 석사 과정을 끝낼 법도 하지만, 아내는 단호했다. 한번 결정한 것에 대해서는 미련을 두지 않았다.

하루는 "우리, 집 옮기자"라며 갑작스레 이사 통보를 했다. 언젠가 아내가 친구들을 집으로 초대하자고 한 적이 있었다. 나는 지나가는 말로 "이렇게 좁은 집에 어떻게 친구들을 초대해"라고 하고선 그 일을 잊어버렸다. 그런데 아내는 그 말을 흘려듣지 않았던 것이다. 부모님이 좁은 집에서 동거하는 우리를 걱정하는 것도 신경 쓰였을 것이다.

취직했으니 직장인 전세자금 대출을 받을 수 있다며 이것저것 따져보던 아내는 갑자기 이사 준비를 시작했다. 우리는 가장 낮은 금리의 은행을 찾아 전액 대출을 받은 다음 장인 장모님이 사시는 동네 근처로 이사를 갔다. 대략 20평 정도로 내가 살던 임대주택보다는 훨씬 넓었다. 장인 장모님 댁과도 차로 10분이 채 걸리지 않는 곳이었다.

2021년 우리는 〈이만갑〉 출연으로 친분이 있었던 김일중 아나운서의 사회로 롯데호텔에서 결혼식을 올렸다. 가족 한 명 없는 북한 출신 사위의 기를 살려주겠다며 장인이 무리하신 것이다. 코로나19 팬데믹 상황이었던지라 예정했던 하객의 3분의 1 정도인 150명밖에 부르지 못했다.

결혼식은 비현실적이었다. 내가 이렇게 행복을 누려도 되는가 하는 생각이 들었다. 북한을 떠난 이후 처음 느껴보는 행복이었다. 북한에서는 부모님, 가족과 함께 행복한 시간을 보냈었다. 중국을 떠난 후 그 정도의 행복은 정말 오랜만이었다. 한국에서는 우울, 좌절, 방황, 그 속에서도 잘해야만 한다는 강박관념 때문에 마음 편한 적이 별로 없었다.

그동안 내게 행복이란 단어는 어울리지 않았다. 북한에 계신 부모님을 생각하면 행복해야 한다고 생각해본 적도 없었고, 행복해서도 안 될 것 같았다.

결혼식에서 입장하는 그 순간이 그렇게 행복할 수가 없었다. 새로운 가족을 만들고, 인간으로 한 번 더 성장하는 나의 길을 이렇게 많은 사람이 축하해주는구나, 내가 허투루 살지 않았다는 생각에 가슴이 떨릴 만큼 행복했다.

축사는 나의 가장 친한 친구인 혜은이 맡아주었다. 혜은은 나의 가족 같은 존재다. 내가 한국에서 살아온, 굴곡진 10여 년의 과정과 아픔을 모두 지켜본 친구이기도 했다. 결혼식 전 둘은 약속했다. 절대 울지 말자고. 그런데 약속이 무색하게 축사를 시작하고 첫 문장이 끝나기도 전에 혜은이 울었고, 그걸 본 나도 따라 눈물을 흘리며 결혼식은 눈물바다로 변했다. 결혼식은 인생의 하이라이트다. 혜은이도 나도 인생의 절정인 결혼식이 벅찼던 것이다.

평양 남자와 서울 여자라는 이색적인 결혼식이었지만, 다들 반응이 뜨거웠다. 장인어른은 나를 사위가 아닌 아들로 받아들인다며 북한에서 왔다는 것은 전혀 장애가 되지 않는다. 오히려 나의 됨됨이나 목표가 마음에 들었다고 감동적인 말씀을 해주셨다.

주변에서는 내가 미친 듯이 결혼을 추진했다고 생각하는 사람들이 많지만, 아내의 의지가 더 확고했다. 아내는 결혼식, 신혼여행, 살림살이 장만 등 모든 비용을 엑셀에 정리해 나와 의논했다. 그때부터 나는 아내가 결혼에 진심이라는 것을 알게 되었고, 그런 아내의 모습에서 확신과 자신감을 얻었다.

아내는 같은 나이대의 사람들과 분명 스케일이 다르다. 문제가 생기면 해결하면 된다고 생각한다. 그런 면에서는 나와 비슷한 구석이 많다. 함께 산 지 5년이 넘었지만, 우리는 거의 싸운 적이 없다. 둘 다 문제가 생기면 해결해야 한다는, 강박관념 같은 것을 가지고 있다. 싸우면 그 자리에서 해결을 보고, 뒤끝을 남기지 않는다. 불만이 있더라도 합의했기 때문에 똑같은 문제로 더는 싸우지 않는다.

예를 들어 청소는 아내가, 설거지는 내가 하는 것으로 합의를 보면 더는 그 문제에 대해 말을 꺼내지 않는다. 싸워도 5분 이상을 넘기지 않는다. 둘 다 대치 상태가 길어지는 것을 싫어하고, 어색한 침묵을 극도로 싫어하기 때문이다.

기억에 남는 부부 싸움이 하나 있긴 하다. 싸움이라고 하기에도 민망하다. 나는 간식에 손을 대지 않는 사람이지만, 아내는 디저트, 그중에서도 마들렌을 좋아한다. 어느 날 아내가 잠들기 전에 "오빠, 냉장고에 있는 간식 다 먹어도 되는데, 마들렌은 먹지 마"라고 하고선 잠자리에 들었다. 일을 하다 배가 출출해서 냉장고 문을 열었는데, 누가 한입 베어 문, 빵처럼 보이는 것이 있었다. 먹다 남긴 것이니 이건 먹어도 되겠지 하는 생각에 별생각 없이 먹었는데, 다음 날 아침 아내가 "내 마들렌!" 하며 대성통곡을 하는 것이었다. 깜짝 놀라서 왜 그러는지 묻자 "다른 건 몰라도 마들렌은 먹지 말라고 했잖아"라며 화를 내는 것이었다. 내가 "마들렌이 뭔지 몰라"라고 하자, 잠깐 생각에 잠겼던 아내는 "모를 수도 있겠네"라며 울음을 그쳤다. 우리의 부부 싸움은 이 정도다.

나는 과거 무뚝뚝하고, 냉정하고, 공격적이라는 평가를 많이 받았다. 따뜻함과는 거리가 먼 사람이었다. 북한에서 왔다고 무시당하지 않기 위해 내가 가진 능력을 두 배, 세 배 끌어내서 발휘해야 할 때도 많았다. 일부러 인상을 찌푸리기도 하고, 강하게 보이려고 하는 경향도 없지 않아 있었다.

결혼 전에는 함께 있어도 외딴섬에 나 혼자 있는 기분이 들었다. 고민이 있을 때마다, 결정을 내려야 할 때마다, 심리적으로 힘들 때마다 나의 속마음을 털어놓고 기대고 싶은 사람이 있었으면 했다. 굳이 해결책을 바라는 것이 아니라 그저 피로한 심신을 어딘가에 기대고 싶었다. 혼자 한국이라는 타지에서 10여 년을 살다 보니 공허함이 컸다. 그런데 결혼하고 나서는 그 공허함이 빠르게 채워졌다.

나는 스스로 억제하며 살았다. 그러나 아내를 만나면서 나를 억제했던 마음이 무장해제되면서 내면의 또 다른 자아가 모습을 드러냈다. 아내에게 무한정 애교를 부리기도 하고, 징징거리기도 하고, 10대 소년마냥 투정을 부리는 모습을 보면서 스스로 놀란 적도 많다. 아, 나의 내면에 이런 모습도 있었구나, 이런 나를 아내가 끌어내줬다는 것을 느낀다.

주변에서도 결혼하고 난 후 "안정적으로 변한 것 같다", "날카로운 분위기가 많이 사라졌다"는 말을 많이 한다. 과거에는 방송이든 어디서든 이슈에 대해 분석할 때나 상대방과 대화할 때 날카롭고 공격적인 면이 있었고, 분위기를 압도하고자 하는 경향이 있었다. 좋게 보아주는 사람은 그것을 자신감이라고 했지만, 역설적으로 자신감이 없는 모습을 들키기 싫은 반작용이었다. 지금은 자신감이 많이 채워졌다. 아내의 믿음과 사랑, 아내 부모님의 지원과 지지 덕분이다.

　사실 아내는 비혼주의자였다. 결혼 생각이 전혀 없었고, 부모님에게도 결혼하지 않을 것이라고 선언했었다고 한다. 그런데 나를 만나 빠르게 결혼을 추진했으니 이게 바로 운명이라는 것이 아닐까.

　아내가 쉽게 결정하고 행동한 것 같아도 나 때문에 고생을 많이 했다. 아내는 여전히 학교로 돌아가지 않았다. 나를 위해 희생했다고 보는 것이 맞을 것이다. 아이까지 생겨 학교로 돌아가는 일은 더욱 요원해졌다. 많이 고맙고, 많이 미안하고, 더 잘해야겠다고 생각한다. 우리에게 남은 것은 더 많이 사랑하는 일이다.

청년들아,
낭만의 시대로
돌아가자

2022년 3월부터 〈난세일기〉와 〈서울평양커플〉이라는 유튜브 채널을 시작했다. 한국에 '남남북녀南男北女', 남자는 남쪽 지방 사람이 잘나고, 여자는 북쪽 지방 사람이 곱다는 말이 있지만, 우리는 '북남남녀北男南女'로 살고 있다. 북한에서 온 남자, 특히 평양에서 온 남자와 서울 여자가 함께 가정을 꾸리고 아이를 낳고 산다는 스토리 자체가 사람들에게 흥미로운 소재일 것 같았다. 채널 소재는 사소하다 못해 아주 평범하고 일상적인 내용들이다. 평양 사위가 이쁨받는 방법, 전라도 가족과 평양 사위 전 부치기 같은 별의별 영상이 다 있다. 최근에는 부쩍 자란 아들 도하와의 가족 여행을 비롯해 맞벌이 부부의 육아 관련 내용들이 많아졌다.

고백하자면 〈서울평양커플〉은 돈이 되는 채널은 아니다. 노동력만 들어갈 뿐이다. 그래도 이 유튜브를 계속하는 이유는 네 가지다.

첫째, 사람들이 통일이라는 개념에 대해서 너무 크게 생각하지 않기를 바란다. 〈서울평양커플〉 채널을 만들 때 원칙은 한 가지였다. 북한에서 온 사람과 남한의 사람이 가정을 꾸려 일상생활을 하는 모습을 과장하거나 꾸미지 않고 그대로 보여주자는 것이었다.

많은 사람이 통일을 거대한 담론으로 여기고, 부담스럽게 여기는 경향이 있다. 그러나 통일은 멀리 있지 않다. 평양 출신 남성과 서울 출신 여성이 만나서 가족을 꾸리고 매일매일 살아가는 모습이 어찌 보면 미리 보는 통일의 모습이 아닐까. 결혼 과정에서 아이를 낳고, 다투기도 하고, 맛있는 것을 먹으러 가기도 하고, 같은 목표를 가지고 함께 성취해내기도 한다. 아내와 나는 우리가 바로 통일의 모습이라고 생각했다. 우리의 모습을 계속 지켜보다 보면 한국 사람들도 통일에 대한 막연한 두려움보다는 좀 더 나은 통일된 미래를 그려볼 수 있지 않을까.

둘째, 한국 사람들은 탈북민에 대해서 지나치게 서글프거나 부정적인 시각으로 바라본다. 혹은 탈북민은 도와줘야 하는 대상으로만 인식한다. 나는 여기에 긍정적인 시각도 한자리를 차지했으면 한다. 결국 탈북민도 특별한 존재가 아니라는 생각 말이다. 우리 채널을 보며 북한 사람도 평범하구나, 우리 옆집에 사는 이웃과 똑같구나, 윷놀이하는 것도 똑같고, 사람 사는 게 다 똑같다고 느끼길 바란다.

셋째, 북한 사람들이 탈북했을 때 혹은 통일 후의 모습에 대한 궁금증을 우리를 통해 풀기를 원한다. 나는 북한 유학생들의 롤모델이다. 유학하다가 한국으로 왔고, 서울 여자를 만나 잘살고 있다. 내게 장문의 메일을 써서 보내는 북한 유학생도 있다. 나를 보며 용기를 내겠다고 하는 글을 보면 괜스레 짠한 마음이 든다. 그 친구들도 한국으로 왔을 때 과연 잘살 수 있을지 궁금할 것이다. 만약 통일이 되면 북한의 엘리트들은 한국에서 어떤 대접을 받게 될지, 어떻게 생활하게 될지 궁금할 것이다. 그런 궁금증을 우리가 풀어줄 수 있었으면 한다.

넷째, 나는 우리 채널이 결혼 장려 채널이 되었으면 좋겠다. 한국은 집값이 비싸고 물가가 높아 결혼하기 어렵다고 말하는 젊은 친구들이 많다. 결혼을 준비하는 과정과 육아에서 오는 부담, 남녀 간의 갈등으로 인해 결혼을 기피하는 분위기가 만연해 있다. 이로 인해 출산율 감소 등 사회적 문제도 발생하고 있다. 물론 사람마다 겪는 상황이 다르니 결혼도 다 똑같지 않을 것이다. 하지만 결혼은 혼자서는 절대 경험할 수 없는 특별한 행복을 선사한다. 특히 나처럼 기댈 곳 없고, 의지할 곳이 필요한 사람에게는 결혼이 더 큰 의미가 있다.

연애할 때도 물론 행복하다. 서로 애정을 나누고, 설렘을 느끼고, 사랑을 키워가는 과정은 너무나 소중하다. 하지만, 결혼 후에 느끼는 안정감, 편안함, 든든함은 그 어떤 것과도 비교할 수 없는 값진 것이다.

우리는 연애할 때 술을 마시지 않아도 새벽 2~3시까지 대화가 끊이지 않았다. 게다가 매번 즐거웠다. 지속적으로 만나서 대화하다 보면 막히는 부분이 있을 수도 있는데, 우리에게 그런 일은 일어나지 않았다. 이런 사람은 처음이었다.

결혼은 출발점일 뿐이고, 결혼 생활을 어떻게 하는지가 훨씬 중요하다. 그렇기 때문에 결혼 그 자체보다는 어떤 사람과 만나느냐가 더 중요하다. 좋은 배우자, 나와 맞는 배우자를 만난다면 인생은 결혼으로 인해 더 풍부해지고 다양해지고, 인생의 또 다른 챕터로 넘어가는 좋은 계기가 될 것이다. 어떻게 행복을 처음부터 다 갖춰놓고 살 수 있겠는가. 그렇게 만들어진 행복이 오래갈 수 있을까. 결혼은 둘이 함께 만들어가는 행복을 선물한다. 그러므로 결혼에 대한 막연한 두려움보다는 결혼이 가져다줄 행복, 편안함, 자신감을 염두에 두고 희망적으로 바라보았으면 한다.

나는 지금의 젊은 친구들이 낭만의 시대로 돌아갔으면 좋겠다. 옛날에는 마음이 맞으면 물 한 잔만 떠 놓고도 결혼했다. 가진 것 없어도 서로 믿어주고 열심히 노력하며 살다 보면 하나둘씩 재산도 쌓이고, 그 과정 자체가 행복이 될 수 있다고 믿는다. 행복은 처음부터 완벽하게 갖춰진 상태로 주어지는 것이 아니라, 함께 맞춰가고 만들어가는 것이 아닐까.

나는 대학을 졸업하지 않고도 결혼했다. 부모님도 없고, 집도 없고, 돈도 없고, 한국에 아무런 기반도 없지만 결혼했다. 그런 상황에서도 결혼해야겠다는 의지만은 있었다. 내가 하고자 하는 의지가 있다면 못할 게 없다고 생각한다. 해보지 않으면 아무것도 모른다. 맞닥뜨려봐야 그 일이 힘든지, 혹은 별것 아닌지를 아는 것이지 남들이 힘들다고 해서 내게도 힘들다는 법은 없다. 내가 직접 체험하지 않은 사고는 남에 의해 만들어진 생각일 뿐이다.

〈서울평양커플〉은 다행히 예상보다 많은 관심을 얻어 2025년 4월 현재 약 4만 2천여 명의 구독자가 우리를 응원해주고 있다. 매번 정성스럽게 댓글을 달아주는 구독자도 있는데, 이런 분들의 댓글을 보면서 힘을 많이 얻는다. 우리는 〈서울평양커플〉을 통일될 때까지 계속할 생각이다.

풍족하지는
않았지만
풍요로웠다

대학교 1학년 때였다. 1학년의 교양필수과목 중 '사고와 표현'이라는 수업이 있었다. 철학적인 글쓰기를 가르치는 수업인데, 남의 글을 베껴서 과제를 제출한 적이 있다. 변명 같지만, 수업을 들었는데 이해가 되지 않았다. 어떻게 글을 써야 할지 아무런 감도 오지 않았다.

학교에는 이미 북한 최고의 대학인 김일성종합대학 출신의 탈북자가 입학했다는 소문이 쫙 퍼져 있었다. 이목이 쏠려 있다 보니 나도 나름대로 열과 성의를 다했다. 그런데 아무리 열심히 해도 내가 보기에 글이 너무 이상했다. 이렇게 리포트를 제출하면 B+ 이상 받을 수 있을 것 같지 않았다. 압박감이 상당했다. 숨통을 죄어오는 것 같았다.

나는 위기를 모면하자는 생각에 어떻게든 제대로 된 과제를 제출하자는 생각에 남의 글을 베껴서 제출했다. 절대 교수님이

눈치채지 못할 것이라고, 나름 교묘하게 베꼈다고 자만하기까지
했다.

교수님이 나를 교수실로 불렀다. 교수님은 내가 북한에서 왔
다는 것을 알고 있다며 리포트를 베껴서 낸 것을 인정하느냐고 물
었다. 쥐구멍이라도 있었으면 좋았겠지만, 도망칠 곳이 없었다. 그
렇다고 인정했다. 교수님은 학생들 앞에서 나를 꾸짖지 않고 따로
부른 것에 대한 이유를 설명했다.

— 금혁 학생, 자네가 북한에서 왔기 때문에 여기 글쓰기에 익
숙지 않다는 것은 잘 알고 있네. 북한 출신이 글쓰기에 익숙
하지 않아 제대로 된 글을 내지 못해 성적을 못 받는 것은
부끄러운 일이 아니네. 그러니 그런 일로 압박감을 가지지
말게. 오히려 시작부터 이렇게 잘못된 길로 가는 것을 부끄
러워하지 않는 것에 대해서 스스로 두려워해야 할 것이야.
닥쳐온 위기를 모면하려고 가장 편한 길을 선택하는 건 필
부의 길일세.

자네가 이런 짓이나 하려고 그 역경을 뚫고 여길 왔는가. 아
니지 않은가. 이렇게 사소한 일로 왜 나를 야단치나 화가 날
수도 있겠지만, 시작부터 잘못된 길로 가면 이 사소한 일이
나비 효과가 되어 10년 뒤에는 어마어마하게 큰 잘못을 저
질러도 아무런 죄책감도 느끼지 못하는 사람이 되어 있을

것일세. 모든 건 시작이 중요하네. 그래서 내가 지금 자네를 이렇게 호되게 혼내는 것이네.

교수님은 내 심리를 정확하게 집어냈다. 만약 그분이 없었다면 나는 아마 잘못된 행동을 하고도 양심의 가책을 느끼지 못했을 수도 있다. 교수님은 재수강을 하라며 D라는 점수를 주었고, 이후 재수강을 하고 받은 최종 점수는 A였다.

그분은 내가 만났던 어른 중에서 가장 멋있는 사람이었다. 교수님에게 혼나는 순간, 나의 도덕관이 정립되었다고 해도 과언이 아니다. 만약 당시 교수님이 남의 글을 베낀 것을 알아채지 못했거나 알고서도 묵인하고 지나갔다면 지금의 나는 어떻게 변해 있을까. 어쩌면 지금과는 전혀 다른 김금혁이 되어 있을지도 모른다.

사소한 잘못이라도 이를 우습게 생각하고 넘어가는 순간, 되돌릴 수 없을 만큼 타락한 사람이 된다는 것을 그때 깨달았다. 내게 엄격한 기준을 세우는 연습은 그때부터 시작된 듯하다.

한국에서 나의 일차적인 목표는 기초생활수급자 신분에서 벗어나는 것이었다. 하나원에서 퇴소할 때 받는 정착 지원금 외 대한민국의 일반 복지 체제에서 완벽한 저소득층 1인 가족이었던 나는 기초생활수급자가 되어 한 달에 약 40만 원을 지원받았다. 그 돈이 들어오는 날은 안도의 한숨이 쉬어지는 날이었다. 한 달에 40만 원은 굉장히 큰돈이다. 그 돈으로 관리비나 난방비 등 매달 일정하게 공제해야 하는 돈을 제하고 나면 30만 원 정도가 남았고, 거기에 아르바이트로 60만 원 정도를 충당해 90만 원으로 한 달을 빠듯하게 살 수 있었다. 혼자서 90~100만 원 정도면 충분하지는 않지만, 부족하지도 않은 금액이었다.

일반인들도 몇 살에 얼마를 벌고, 언제 집을 사는 등 경제적인 목표가 있다. 나의 개인적인 경제적 목표의 첫 번째는 기초생활수급자에서 탈출하는 것이었다. 2019년에 신청을 했고, 2020년 1월에 기초생활수급이 끊겨졌다. 한국에 온 지 약 7년 만이었다. 기초생활수급에서 탈출하는 날, 나는 너무 기뻤다. 드디어 내가 스스로 자립하는, 국가로부터 도움을 받지 않고 온전한 내 능력으로 먹고사는 사람이 되었기 때문이었다.

별개의 이야기 같지만, 나는 어릴 때 디즈니 애니메이션을 정말 좋아했다. 〈라이언 킹〉, 〈인어공주〉, 〈미녀와 야수〉, 〈뮬란〉, 〈노틀담의 꼽추〉 등 디즈니의 애니메이션이란 애니메이션은 거의 다 봤다. 〈미녀와 야수〉, 〈뮬란〉 등은 북한 어린이들에게 베스트셀러다. 이불을 뒤집어쓰고 몰래 숨어서 디즈니를 보면서 언젠가는 저런 세상에 반드시 가보고 싶다고 생각했었다.

2022년 미 국무부에서 한국 사회에 영향력을 미치는 인플루언서 15명을 초대한 적이 있다. 나도 그중 한 명으로 선발되어 미국에 가서 미국의 가치에 대해 공부하고 연구하는 프로젝트를 수

행했다. 당시 프로젝트는 미국의 다양성을 통해 한국 독자들에게 어떤 메시지를 전달할 것인지에 대한 콘텐츠를 만드는 것이었다. 그 프로젝트에서 나는 대상을 타서 상금으로 1만 불을 받았다. 그 돈으로 2023년 아내와 함께 미국 디즈니랜드를 다녀왔다.

어릴 적 로망이었던 디즈니랜드를 직접 가보니 내가 그렇게나 좋아했던 디즈니 세상이 눈앞에 펼쳐져 있었다. 너무 감동적이었다. 미국으로부터 받은 돈으로 간 여행이라 더 행복했다. 어차피 상금으로 받은 돈이니 아끼지 말고 모두 쓰자며 패스트트랙을 끊어 신나게 놀고 왔다. 이게 바로 자유의 맛, 자본주의의 맛이라는 것을 다시금 느끼며.

나는 돈복은 없지만, 인복은 타고났다. 항상 고비의 순간마다 나를 도와준 사람들이 있었고, 그 사람들 덕분에 지금의 내가 여기까지 올 수 있었다. 내가 잘나서 여기까지 온 것이 결코 아니다.

풍족이 물질적인 것이라면 풍요는 정신적인 것이다. 나는 풍족하지는 않았지만, 풍요로웠다. 만약 내게 과거로 돌아가서 어떤 선택을 내릴 것이냐고 물어본다면 나는 단 1초도 고민하지 않고 같은 선택을 내릴 것이라고 답할 것이다. 그만큼 한국에서의 삶은 만족스럽다. 내가 이처럼 풍요로운 삶을 살 수 있었던 배경에는 단 한 순간도 내가 잘나서가 아니라 내 주변에 훌륭한 사람이 있었기 때문이다.

내가 고마움을 표할 때 빠지지 않는 사람이 한 분 계시다. 집 맞은편에 있었던 '시골집'이라는 식당 주인이다. 그 사장님은 내가 식당에 갈 때마다 항상 계란말이를 덤으로 주셨다. 한번은 돈이 부족해 집안에 굴러다니던 동전을 모두 모아서 뚝불고기 한 그릇을 사먹은 적이 있었다. 계산을 할 때 보니 1,000원이 비었다. 사실 난 1,000원이 비는 것을 이미 알고 있었다. 부족한 1,000원은 다음달 갚겠다는 말을 하려던 차에 사장님은 몰래 500원짜리 두 개를 동전 더미 안에 밀어 넣으시고 다시 계산을 해보자고 하셨다. 사장님은 그런 분이셨다. 사장님에게는 내가 강원도에서 왔다고 했었는데, 나중에 알고 보니 식당에 온 첫날부터 내가 북한 출신이라는 것을 알고 계셨다고 했다. 말투가 빼도 박도 못하는 북한 사람인데, 말하기 싫어하는 것 같아 내가 이야기를 꺼내기 전까지 끝까지 속아주는 척하셨다고 했다.

나는 항상 부족한 사람이었고, 어디로 튈지 알 수 없는 사람이었다. 위기마다 주변의 훌륭한 사람들이 나를 잡아주었고, 그 때문에 지금까지 올 수 있었다. 정치 여정에 들어설 때도 많은 사람이 나를 이끌어주었기에 가능했고, 사랑하는 가족이 있어 나의 길을 갈 수 있었다. 매번 그 모습은 달랐지만, 항상 좋은 사람이 함께했다. 모두, 늘 고맙게 생각한다.

5장

다시 꾸는 꿈, 통일을 위한 여정

새로운 챕터를
준비해야 할 때

— 이 세상의 중심이 되고 싶다.

2012년, 중국에서 북한 보위부의 체포를 피해 도망쳐 인천공항에 처음 내렸을 때 느꼈던 감정이다. 대한민국의 중심이 되고 싶었고, 그때부터 정치를 하겠다고 결심했다. 인천공항의 현대적인 모습에 매료되었고, 그와 동시에 북한은 왜 이런 공항을 짓지 못하는지 안타까웠다.

북한도 한국처럼 살았으면 한다. 평양에도 인천공항 같은 공항이 있었으면 한다. 언젠가 북한이 민주화되고 변화하고 발전하기 위해서는 대한민국을 따라 배우는 수밖에 없다. 한국에서 무엇을 배울 수 있을 것인가. 그때부터 나는 정치를 하고 싶었다. 그리고 한국에 온 지 10년 만에 그 기회가 찾아왔다.

2021년 8월, 제20대 대통령 선거 캠프에 스카우트 제의를 받왔다. 29살의 나이였다. 기회가 생긴다면 언젠가 선거를 경험해보고 싶기는 했지만, 생각보다 지나치게 빨리 꿈을 이룰 기회가 찾아온 것은 아닐까 하는 우려도 있었다. 역량이 쌓이고 세상을 바라보는 시야가 좀 더 넓은 상태로 정치에 발을 들여야 하는 것은 아닐까 하는 고민도 잠깐 했다. 하지만, 한국 땅에 발을 내디디면서부터 정치를 꿈꾸던 내게 찾아온 첫 번째 기회였다. 거절할 명분을 찾지 못했다. 당시 선거 캠프에서는 2030세대의 여론을 살피고 후보의 지지를 끌어낼 아이디어를 낼 사람을 필요로 했고, 내게 그 제의가 들어온 것이다.

안에서 바라본 선거는 내가 생각했던 것보다 훨씬 더 치열했다. 한 사람 한 사람의 선택에 따라 대한민국이라는 나라의 나아갈 방향이 완전히 바뀌기 때문에 선거는 정말 중요하다. 평행 세계가 존재하지 않는 한, 선거는 되돌릴 수 없는 선택이며 결과 또한 되돌릴 수 없다. 하나를 선택하면 그에 따른 무거운 책임이 따른다. 많은 사람의 생사가 걸려 있기도 하다. 그렇다 보니 후보자는 물론 캠프에서 활동하는 사람들도 웬만한 멘탈과 준비 없이는 선거 활동을 하기 쉽지 않다.

우리는 대선에서 승리했고, 나는 대통령직인수위원회 현안지원팀에서 일한 뒤 국가보훈부 장관정책보좌관으로 직무를 전환했다. 모든 역대 정부 통틀어서 최연소 정책보좌관이었다. 보통 장관정책보좌관은 4급이지만, 나이가 어려 5급으로 책정되었다.

정책보좌관으로 일한 것은 일 년이 채 되지 않는다. 2024년 제22대 국회의원선거에서 영입 인재로 발탁되었기 때문이다. 결과적으로는 비례대표에서 탈락했다. 속이 쓰리지 않았다고 하면 거짓말일 것이다. 솔직히 영입 인재로 발탁되고 나서 한동안은 발이 땅에 닿지 않을 정도로 기분이 붕 떠 있었다. 이렇게 잘 풀려도 되는 건가 하는 생각이 들 정도였다. 하지만 비례대표에서 탈락했고, 스스로 자신을 진지하게 돌아볼 시간을 가지며 부족함을 자각했다. 돌이켜 생각하면 비례대표에서 떨어진 것은 오히려 잘된 일이었다.

비례대표 출마를 위해 정책보좌관을 그만두려고 할 때 나를 아끼는 사람들은 모두 나를 만류했다. 너무 빠르게 소진된다, 좀 더 여물어야 한다, 너무 어리다, 총명함만으로 무언가를 할 수 있는 시대는 아니다, 총명하지만 그 사이사이를 채워줄 것들이 필요하다, 지혜가 있어야 한다. 당시 나는 그 말들이 이해되지 않았다. 나보다 못한 사람들이 수두룩해 보였다. 그들을 사뿐히 젖히고 충분히 국회의원이 될 수 있을 것 같았다.

나는 정치에 관심을 가지고 난 후 국회 방송과 정치 뉴스를 하루도 거르지 않고 챙겨 보고 있다. 미국이나 영국 의회 토론도 자주 본다. 그런데 한국 정치를 접하며 토론다운 토론을 거의 본 적이 없다. 정치는 봉사하는 자리다. 정치는 국민이 정치인에게 힘을 몰아주는 것이고, 힘을 몰아주는 이유는 국민을 대신해서 국민의 이익에 준하는 일을 하라고 권한을 주는 것이다. 따라서 정치인은 갑이 아니라 을의 존재다. 국민이 갑이고, 정치인은 그들로부터 권력을 위임받은 자들이며, 권력이 영원하지도 않다. 그런데 인사청문회, 국회 현안 질의 등을 보면 대한민국은 여야 상관없이 국회의원들이 슈퍼 갑이다.

영국 의회는 '영국 의회식 토론British Parliamentary Debate Format'이라고 부르는 형식이 생겨날 정도로 토론 문화가 발달해 있다. 줄여서 'BP 디베이트'라고 불리는 이 방식은 모든 문제 이슈에 대해서 충분히 토론을 진행한다.

사람들은 서로 다른 입장을 가질 수 있다. 토론장에서는 서로가 얼마나 다른지 확인하는 것이 아니라 서로 다르지만 합의점을 도출하기 위해 진지하게 의견을 나누는 것이다. 영국 의회의 토론은 상당히 수준이 높고, 토론을 듣다 보면 내가 몰랐던 것들을 많이 알게 된다. 한국의 정치에서는 상대가 이야기할 때 말을 가로채거나 인신공격을 하는 등 건설적인 토론을 본 적이 거의 없다.

비례대표에서 떨어진 후 총선 캠프에 합류해 활동했지만, 아쉽게도 내가 지지하던 후보가 탈락했다. 최선을 다했기에 후회는 없었다. 오히려 실패의 쓴맛을 보고 일선에서 물러나 거리를 두고 지켜보면서 이전에는 눈에 보이지 않던 것들이 보이기 시작했다.

정치에 발을 담그면서 보고 느낀 점은 정치는 내가 원한다고 해서 되는 것이 아니라는 것이다. 김금혁이라는 사람에 대한 국민

적인 요구 혹은 김금혁이라는 사람이 정치판에 쓰여야 할 당위성
이 형성될 때 비로소 역할이 생기고, 정치를 할 수 있게 된다. 그
게 아니라 개인의 욕심으로 시작해 누군가에게 줄을 서거나 잘
보여서 정치판에 들어간다면 그것은 하나의 거수기에 불과하다.

　나는 정치에 진지하다. 내 나름대로 기준도 세워져 있다. 정치
인이 되기 위해서는 역량은 물론 심성, 국민을 대하는 태도 등 여
러 자격 요건을 갖춰야 한다. 그런 면에서 나의 경험과 지식이 효
과적인 4년의 의정 생활을 하는 데 충분하겠냐고 자문했을 때 지
금은 충분하지 않다는 결론을 내렸다. 다른 국회의원과 나를 비
교할 필요는 없다. 배지를 다는 순간, 스스로 의정 활동을 평가해
야 한다. 남들보다 잘한다고 해서 그것이 절대 기준이 될 수는 없
는 것이다.

　나는 항상 빨리 정치를 시작하고픈 욕심이 있었다. 한국에 발
을 디뎠을 때부터 정치를 하겠다는 꿈 하나로 지금까지 달려왔다.
그런데 총선에서 떨어지고 나자 빨리 배지를 달겠다는 생각이 사
라졌다. 스스로 이 정도면 되었다 싶을 정도의 지식과 경험, 지혜
를 쌓고 싶다는 다른 욕심이 생겼다.

　이러한 결론은 방송 활동과도 연결되었다. 방송 패널로 출연
하면 아웃풋은 많은데 인풋은 별로 없다. 사회자의 질문을 임기
응변으로 넘긴 적이 꽤 많았다. 그럴 때마다 나는 죄책감을 느낀

다. 임기응변으로 넘긴다는 것은 내가 그 사안에 대해 구체적으로 이해하고 있는 것이 아니라 소위 말하는 '말발'로 상황을 모면한 것이다. 그렇게 위기를 모면해서 하루이틀이 지나가면 방송인으로서의 커리어는 쌓이겠지만, 나보다 더 똑똑한 사람이 나타나면 나의 부족함은 들통날 것이다. 그때는 이미 너무 늦었고, 공부할 기회는 사라졌을 수도 있다. 그래서 당장 방송해서 돈을 버는 것도 중요하지만, 스스로 만족할 때까지 공부해야겠다고 생각하며 유학을 결심하게 되었다.

정치를 포기할 생각은 없다. 내가 패했던 것은 역량 부족이었다. 더 준비하고 더 나은 모습으로 성장한다면 언젠가는 국민에게 쓰임을 받을 날이 올 것이라고 믿고 있다. 이제 나는 슬기롭게 나이 드는 방법을 배우고 싶다. 일 년이 지났을 때 내재된 슬기가 10퍼센트라면, 다시 일 년이 흘러 20퍼센트가 되고, 다시 일 년이 지나 30퍼센트가 되는 그런 시간을 보내고 싶다.

이즈음 아이가 태어났다. 아빠가 된 것이다. 슬슬 한국에서의 김금혁 인생 챕터 1이 끝나가고 있었다. 새로운 챕터를 준비해야 할 때가 되었다.

북한의
체제는
무너질 것인가

    북한에서 내 꿈은 외교관이었다. 하지만 중국에서 유학하며 북한 외교관의 실상을 보고 그 꿈은 완전히 무너졌다. 2023년 11월 한국으로 망명한 쿠바 주재 대사관의 리일규 참사 말을 빌리자면 '북한 외교관은 꽃제비'다. 북한에서 외교를 하거나 외화벌이를 하는 사람은 교육을 잘 받은, 충성심이 강한 엘리트다. 북한 당국은 이들에게 무한한 충성심과 많은 것을 요구하지만, 그에 대한 대가는 없다. 심지어 외교관이 해외에서 지낼 때 필요한 최소한의 품위 유지비도 주지 않는다. 돈은 주지 않으면서 품위 유지를 못하면 처벌을 받는다. 아이러니한 일이다.

    상황이 이렇다 보니 외교관들은 알아서 돈을 벌어야 한다. 울며 겨자 먹기로 북한 외교관의 아내들은 밀수를 한다. 물론 밀수하다 걸려도 북한은 책임을 지지 않는다. 개인의 일탈이라고 하면서 모른 척한다. 너무나도 모순적이다.

외교관이 되려고 했던 나는 중국에서 이런 실상을 알고 큰 충격을 받았다. 존엄성 때문에 외교관이 되려 했는데, 현실 속 북한 외교관에게 존엄성이란 눈을 씻고도 찾아볼 수가 없었다. 외교관이란 국제무대에서 국민과 국가의 안정과 안녕을 위해, 국익을 위해서 자기 몸을 바쳐 싸우는 존재다. 그래서 나는 외교관이 아주 성스러운 직업이라고 생각한다. 해외 일선에서 싸우는 사람에게 아무런 대가가 주어지지 않는다면 과연 누가 북한에 충성하려 할 것인가. 탈북한 지 10년이 넘었지만, 이런 상황은 전혀 나아지지 않고 있다.

현재 북한 정부가 발표하는 공식 환율은 1달러당 100원이다. 하지만 장마당에서 통용되는 실질 환율은 대략 8,000원으로 불안정하고, 2024년 5월에는 연말에 화폐 개혁을 한다는 소문이 돌면서 4만 원으로, 북한의 화폐 가치가 대폭락하기도 했다. 한마디로 북한의 화폐 가치는 똥값이라는 의미다. 시장은 완전히 붕괴되었고, 돈이 있어도 물건을 살 수 없는 지경이 되었다.

북한은 자급자족 능력이 없는 나라로 생필품 대부분을 수입에 의존하고 있다. 환율이 높아지면 수입품 가격도 뛰어 기존의 북한 돈으로는 아무것도 살 수가 없다. 북한 주민들의 분노가 치밀 수밖에 없고, 북한 당국은 이미 오래전 신뢰를 잃은지라 북한 주민은 위법인지를 알면서도 달러를 모으고 있다.

사람들은 종종 왜 북한 사람들은 폭동을 일으키지 않고, 당국에 순종하는지 묻는다. 북한 주민들이 김정은 정권에 저항하지 못하는 여러 이유가 있을 것이다. 그중 내가 찾은 가장 핵심적인 이유는 구심점이 없다는 것이다. 반발을 표출하려고 해도 그것이 혼자라는 생각이 들면 너무나 두렵다. 잘못된 것을 잘못했다고 지적했을 때 돌아올 불이익은 너무나 크고 촘촘하다. 본인 혼자만 잘못되는 것이 아니라 연대책임을 물어 가족, 연인, 친구, 선생님 등 자신과 관련된 모든 사람이 피해를 본다. 무언가 선택했을 때 그다음 차례대로 돌아올 보복에 대해 많은 사람이 공포심을 갖고 있다.

북한은 공개 처형이나 정치범수용소 등을 통해 공포를 직접적으로 보여준다. 당국과 다른 이야기를 했을 때 주어지는 것은 죽음밖에 없다는 메시지를 명확하게, 반복적으로 전하고 있는 것이다. 이러한 위협에 항시 노출되어 있다 보면 용기를 내지 못한다. 결국은 구심점이 나타나서 사람들을 하나로 묶거나 북한 체제에 반대하는 목소리를 냈을 때 보호받을 수 있다는 일말의 희망이 생겨야 비로소 조직적인 저항을 할 수 있을 것이다.

북한에서는 여전히 상호 감시가 이루어지고 있다. 무고도 빈번하다. 가령 감정이 상한 상대가 있어 그 사람에게 위해를 가하고 싶을 때 가장 쉽게 택할 수 있는 방법이 고발이다. 고발당한 사람은 보위부로부터 탈탈 털리고, 무엇인가 한 가지만 걸려도 감옥으로 직행한다. 감시 체계가 여전히 존재하다 보니, 가까운 이웃이라도 서로를 믿지 못하고 경계할 수밖에 없는 사회적 구조가 밑바탕에 깔려 있어 조직적으로 반발하기가 어렵다.

내가 북한에 있을 때도 인권 침해가 심각했지만, 지금만큼 숨막히는 상황은 아니었던 것 같다. 물론 과거는 조금씩 미화된다. 그럼에도 김정은 시대에 들어선 이후 북한 사람들의 인권이 훨씬 더 가혹한 상황에 놓여 있다는 것이 여러 사실을 통해서 드러나고 있다.

2020년에 만들어진 「반동사상문화배격법」은 남한 혹은 미국 드라마 영화 등을 본 사람에게 15년 형의 교화, 유포한 사람에게는 사형까지 시킬 수 있는 법이다. 한국 드라마를 보았다는 사실만으로 15년 감옥살이를 시키는 것이다. 실제 2022년 황해남도에서 22세 청년이 남한 노래 70곡과 영화 3편을 시청하고 이를 유포했다는 이유로 북한 당국에 의해 공개 처형된 적도 있었다.

최근에 만들어진 「평양문화어보호법」(2023)은 평양말을 보호한다는 핑계로 만들어낸 법이다. 북한 청년들 사이에서는 드라마를 보며 남한 말투를 따라 하는 경향이 있다. 김정은은 청년들의 정신 상태가 썩었다고 지적하며 평양 문화를 지켜야 한다는 명목하에 법으로 규제하고 있다. 북한은 주민들의 휴대전화기를 수시로 검열해 주소록에 '오빠', '아빠', '쌤' 등 한국식 말투나 표현이 있는지 단속하고 있다. 이러한 연유로 대외적으로는 오빠를 오빠라고 부르지도 못하는 것이 북한의 현실이다. 얼마나 웃기면서도 서글픈 현실인가.

국제사회가 「반동사상문화배격법」이 너무 지나친 처사라고 압박을 가하자 「청년교양보장법」(2021)이라는 보안법을 만들어냈다. 한마디로 청년들의 사상 교양이 중요하니, 북한 당국에서 정한 대로 하지 않으면 감옥에 가두거나 고문하거나 처형하는 등 폭력적인 방식으로 그들을 교화해도 된다는 것을 법리적으로 지탱하기 위해 만든 법이다.

이 세 가지 법의 주요 대상은 장마당 세대라고 불리는 2030 세대로 북한은 청년 세대를 통제하기 위한 법을 집중적으로 만들어내고 있다. 국제사회에서도 이를 '3대 악법'이라고 규정짓고 북한의 청년 세대에 대한 공공연한 탄압이라고 보고 있다.

김정은이 이런 법을 만든 배경에는 북한의 청년 세대가 한국에 우호적인 감정을 가지는 것이 본인의 통치 기반을 무너뜨릴 수 있는 핵심적인 요소가 될 것이라는 경계심 때문이다. 한국과 북한의 젊은 세대를 무슨 방법을 쓰든지 떨어뜨려 놔야겠다는 생각 때문에 무리하게 일을 벌이는 것이라고 본다.

한국의 대중문화는 1900년대 후반부터 북한으로 조금씩 흘러들어오기 시작해 2000년대 초반에 급격히 확산되었다. 통제받는 북한 사람들에게 한국 드라마는 한 줄기 빛과 같은 존재다. 계속해서 세뇌받으며 살다가 내가 사는 곳과 다른 세상이 있다는 것을 접하면 그것이 드라마라고 해도 아주 강렬하게 다가온다. 나역시 마찬가지였다.

한국의 대중문화는 나날이 발전해 지금은 전 세계를 휘어잡는 콘텐츠를 생산하고 있다. 북한 사람들도 한국 드라마, 케이팝에 더 많이 마음을 열고, 더 개방적으로 변하고 있다. 특히 장마당 세대를 중심으로 한국에 대한 동경심을 키우고 있다. 이런 현상이 확산되고, 더는 세뇌가 통하지 않으니 김정은 입장에서는 충분히 위협적일 수 있다.

실제로 과거에는 인권 탄압이 절대다수의 군중을 대상으로 무차별적으로 이루어졌지만, 최근에는 2030세대를 특정 지어서 이루어지고 있다. 이는 역설적으로 청년 세대가 그만큼 북한 체제에 위협이 되고 있다는 것이고, 북한의 2030세대가 훨씬 더 강렬하게 저항하고 있기 때문일 것이다.

2024년 1월, 중국 지린성에 파견된 북한 노동자 2,000명이 임금 체불에 항의하며 북한 간부를 폭행해 사망에 이르게 하는 사건이 있었다. 같은 해 2월에는 아프리카 콩고공화국에 파견된 북한 노동자들이 귀국 연기를 문제로 폭동을 일으키기도 했다. 폭동을 주도한 수백 명이 북한으로 송환되어 처형당하거나 정치범 수용소로 보내졌지만, 과거에는 볼 수 없었던 집단 폭동이 연이어 발생했다는 것은 북한 체제에 균열이 생기고 있다는 방증일 것이다. 이 사태를 들여다보면 폭동을 일으킨 노동자 대부분이 장마당 세대다. 2022년에는 북한의 중고등학교 물리 교사가 자유민주주의 체제를 표방하는 정당을 만들었다가 발각되는 일이 있었다. 그 중등 교사는 나와 같은 세대로 나이가 30대였다.

나는 중국에 유학 가서 3개월여 만에 북한 체제에 혐오감이 생겼다. 아버지에게 북한 체제에 대해 비판하자 그게 너와 무슨 상관이며, 우리가 먹고사는 데 무슨 지장이냐며, 오히려 그 때문에 부를 누리고 있는 것이니 괜히 허튼짓하지 말라며 훈계를 들었다. 나는 그때부터 북한의 변화를 일으킬 수 있는 사람은 2030세대밖에 없겠다고 생각했었다.

장마당 세대들이 폭동을 일으킨 이유는 간단하다. 임금 체불을 해결하라는 것이다. 기성세대들은 임금을 받지 못해도 그것이 국가를 위한 일이라며 강압적으로 요구하면 수용하는 편이었다. 하지만 장마당 세대는 참지 않는다. 이들은 체제 혹은 김씨 일가에게 충성하는 것보다 개인의 이익과 삶을 더 중요하게 생각한다. 이미 자본주의가 체화됐다는 의미이기도 하다.

시대가 변할수록 사람들의 의식이 변하는 것은 막을 수 없다. 북한이 아무리 통제해도 한 번 외부 정보의 맛을 본 사람들은 이를 끊기 어렵다. 적절한 표현이 아닐 수도 있지만, 북한 사람들에게 외부 문물은 마약과도 같다. 마약을 하면 큰일이 난다는 것을 알지만, 한번 중독되면 끊지 못한다. 외부 문물을 경험하다 걸리면 가혹한 처벌을 받을 것을 알지만, 끊지 못하는 것이다.

외부에서 아무리 북한이 잘못됐다고 얘기를 해도 내부 사람들이 움직여주지 않으면 헛된 일이다. 내부에서 호응해야 한다. 10년 전에는 전혀 찾아볼 수 없었던 움직임들이 반복적으로 나타나고 있는 것은 북한 내부에서 변화를 위한 태동이 우리 생각보다 훨씬 크게 시작되고 있는 것이 아닌지 조심스럽게 추측해본다. 아무리 굳건하게 보이는 댐이라도 작은 틈 때문에 무너진다. 북한 체제도 마찬가지다. 조금씩 시작된 저항이 더 거센 불길로 타오를 것이라고, 나는 믿고 있다.

북한의 인권 문제,
해결이 우선이다

　나는 탈북민과 엮이는 것을 좋아하지 않았다. 하나원에서 겪은 일도 있었지만, 나는 한국 사회에 적응하기 위해 힘들게 노력하는데, 당신들은 무엇 하나 제대로 한 것이 있기나 하냐는 오만함도 있었다. 이런 자기도취에서 빠져나온 것은 2018년 링크의 지원으로 미국에서 북한 인권 활동을 했을 때다. 당시 나를 포함해 네 명의 탈북민과 함께 미국으로 갔는데, 이때 동행했던 이들이 하나원을 나와 처음으로 만난 북한 사람들이었다. 그들이 북한에서 겪었던 참혹한 사연의 증언을 들으며 탈북민들에게 가졌던 나의 오만함도 사라졌다.

　북한 인권 운동을 제대로 하기로 마음먹은 후 나는 북한의 현 상황을 알아야 했다. 북한의 상황을 알기 위해서는 정보가 있어야 하고, 정보를 수집하기 위해서는 탈북민과 접촉할 필요가 있었다. 탈북민 사회와 서서히 접촉점을 늘려가던 중 〈이만갑〉에 출연하면서 탈북민과의 접촉이 잦아졌다. 〈이만갑〉이라는 프로그램의 출연진 대부분이 탈북민이기 때문이다. 처음에는 출연자들이 나를 싫어했다. 잘난 척, 허세 떠는 내 모습이 꼴 보기 싫었던 것이다. 그러나 내가 프로그램에 빠져들면서 진심으로 그들에게 공감하고 아파하자 그들도 내가 북한을 생각하는 마음, 북한의 인권, 북한의 민주주의에 대해서 생각하는 마음만큼은 진심이라는 것을 알아주었고, 그때부터 탈북민과의 관계에 많은 진전이 있었다.

대표적인 것 중 하나가 30대 위주의 탈북민 모임이다. 대략 14~15명 정도가 모이는 이 모임의 회원은 한국 사회에서 누구의 도움도 받지 않을 정도로 자생한 탈북민들이다. 자생이라고 해서 경제적인 자유를 누린다기보다 열심히 일하면 일한 만큼 번다고 보는 것이 맞을 것이다. 우리는 자생 이후에 우리가 가야 할 방향이 무엇인지 고민하고, 북한 혹은 탈북민 사회와 대한민국 사회를 더 잘 연결시킬 수 있는 방법에 대해 논의하고, 우리가 한국의 기성세대와 탈북민의 기성세대가 가지고 있는 부정적 이미지를 희석하여 탈북민 사회에 대한 인식을 변화시킬 수 있는지를 고민한다. 우리는 사회적인 문제에 관해 탈북민 중 젊은 세대가 목소리를 내고, 북한의 젊은 2030세대를 대변할 수 있어야 한다고 생각해 매달 세미나 형식으로 모임을 갖고 있다.

탈북민은 한국에서 북한을 위해 그들만의 활동을 펼치고 있다. 대북 전단을 뿌리거나 페트병에 쌀과 달러, 케이팝 영상이 담긴 USB 등을 담아 북쪽으로 흘려보내는 것도 그러한 활동의 일환이다. 이러한 시도는 오래전부터 있었다. 나도 평양에서 지낼 때 대북 전단을 본 적이 있다. 전단에 어떤 내용이 실렸는지는 모른다. 당국에서 너무나 빠르게 수거해갔기 때문이다. 사람들이 모여 수군대던 광경을 지금도 생생하게 기억하고 있다.

북한 당국은 이러한 시도에 대해 남한의 괴뢰도당이 반동사상을 주입하기 위한 허튼소리라거나 생필품에 독성 물질을 넣어서 보내는 것이므로 절대 건드리지 말라며 엄포를 놓는다. 처음에는 괜히 건드렸다가 큰일 나는 것은 아닌지 겁을 냈다. 하지만 이런 일이 20년 정도 반복되다 보니 사람들은 이제 페트병만 보면 수거한다. 쌀이 들어 있고, 달러가 들어 있기 때문이다.

〈이만갑〉에 출연한 탈북민 중에서 실제 국경 지역 혹은 해안선을 따라서 흘러온 페트병에 든 쌀 때문에 도움을 받았다고 증언하는 사람도 있었다. 물론 남한에서 100개를 보내면 100개가 다 북한으로 가는 것은 아니다. 조류에 따라 일부는 유실되기도 한다. 하지만 그중 30개만 북한에 당도해도 굶주린 북한 주민에게 식량을 제공한 것이 된다. 인도주의적인 면에서 미약하게나마 도움이 되었다고 할 수 있을 것이다.

대북 전단이나 페트병 등으로 끊임없이 이슈가 되고 있지만, 탈북민 단체가 이를 그만두지 못하는 것은 북한 주민의 고통이 가중되고 있는 상황에서 진실을 알리기 위한 최소한의 노력이다. 북한 주민들의 알권리를 위해 많은 반대에도 불구하고 계속하는 것이다.

대북 확성기도 이와 마찬가지다. 일각에서는 대북 확성기의 효용론에 대해서 회의감을 가지고 있는 사람도 있다. 그러나 북한이 전단이나 확성기 등에 민감하게 구는 데에는 이유가 있다. 예를 들어 북한군이 100만 명이라고 추산했을 때 70만 명 정도가 DMZ 근방에 배치되어 있다. 이 군인들의 상당수는 장마당 세대다. 군대에 가니 본인들이 고등학교 때 몰래 듣던 남한 노래가 건너편 스피커에서 쩌렁쩌렁 들려온다. 그때의 기분이 어떨지 생각해보라.

이런 증언이 있었다. 근무를 서다가 자신도 모르게 남한 노래를 흥얼흥얼 따라 불렀는데, 앞에 있는 사람도 흥얼흥얼 따라 부르고 있더라는 것이다. 팝송을 들을 때 가사를 알고 듣는 것이 아닌 것처럼 멜로디만 알면 흥얼거릴 수 있는 것이 노래다. 그러다 보면 알게 모르게 사상적인 침투가 북한군에 만연화될 수밖에 없다. 북한 입장에서는 최전방을 지켜야 하는 군인이 근무 시간에 남한 노래를 들으며 따라 부르고 있으니 얼마나 좌불안석이겠는가. 이들이 고향에 돌아가면 이곳에서 들었던 남한의 문화를 전파할 것이다.

대북 확성기의 소리는 평소 30km 전방까지 들리고, 날씨가

맑은 날이나 고요한 저녁에는 더 멀리까지 퍼져나가 40km, 개성 시내에서도 대북 확성기의 노래가 들린다고 한다. 개성 시민들이 한국 아이돌 노래를 들으며 자는 것이다. 그렇다 보니 확성기 방송에 대해 제재를 가할 수밖에 없고, 민감하게 반응하는 것이다.

대북 확성기에 반발해 북한이 대남 확성기를 틀기도 한다. 최근에는 대남 확성기의 귀신 곡소리 때문에 접경 지역이 피해를 호소하기도 했다. 그러나 대북 확성기와 대남 확성기에는 차이가 있다. 일단 스피커 출력에서 격차가 크다. 30km 전방까지 소리를 내보낼 수 있는 확성기를 사용하려면 전력이 어마어마하게 들어간다. 24시간 확성기를 틀어놔야 하는데 북한으로서는 그렇게 사치를 부릴 여유가 없다. 북한 입장에서는 이러한 심리전이 짜증 나고 스트레스다.

대북 확성기의 효용론에 대해 회의감을 표하는 사람들에게 반론할 때 나는 우리가 무엇을 하는지보다 북한이 어떻게 반응하는지가 더 중요하다고 말한다. 다시 말해 남한에서 확성기가 의미가 있고 없고를 따지는 것은 무의미하고, 북한이 지금까지 대북 확성기 사용에 어떻게 반응해왔는지 그 흐름을 추적하면 답이 나온다.

북한은 2000년대 초반부터 지금까지 꾸준하게 대북 확성기의 중단을 요구했다. 실제로 2004년에는 먼저 서해상에서 도발을 중지할 테니 대북 확성기를 중단하라고 요청할 정도였다.

북한에서는 김주애 4대 권력 세습이 진행 중이다. 등장하는 빈도나 노동신문에서 차지하는 위치, 어떤 곳을 찾아가는지 등을 살펴보면 이미 후계자 수업 중이라는 것을 알 수 있다. 김정은의 업적으로 치환될 수 있는 곳 등 중요하게 생각하는 핵심 거점들을 따라다니고 있고, 그것이 김주애의 업적과 위상으로 이어지게끔 그림을 만들고 있다. 이제 논의 단계는 지났다고 본다. 김주애가 너무 어리지 않느냐고 하는 사람도 있지만, 그녀가 어리다는 것은 우리 기준과 시각에서 그런 것이고, 북한은 주민들의 의견 따위는 신경 쓰지 않는다. 그들은 그들만의 통치 논리가 있고, 김주애 외에는 대안이 없어 밀어붙이는 경향도 없지 않아 있다.

북한의 3대 세습도 막아내지 못했는데, 4대 세습으로 이어진다면 그야말로 뉴노멀New Normal(시대 변화에 따라 새롭게 부상하는 표준)이 될 수 있다. 비정상의 뉴노멀화가 되는 것이다. 북한은 이미 필요치를 충분히 넘어섰다. 이를 막지 못하면 북한 체제는 5대, 6대 세습으로 이어질 가능성도 배제할 수 없다. 보편적인 기준에서는 독재도 세습도 이상하지만, 그것을 북한의 특성으로 인정하면 북한이니까 그럴 수 있다는 인식이 생겨버린다. 범죄자가 옆집에 사는데, 시간이 지나면서 점차 익숙해져 묵인해버리고 마는 것이다.

국제사회에서 북한이니까 그럴 수 있다고 생각해버리는 순간, 이는 북한을 포기한다고 봐야 한다. 다시 말해 국제사회가 북한을 정상적인 체제로 인정하고, 대화 상대국으로 인정해버리면 결코 북한의 체제는 무너지지 않는다. 현재 미국이 북한을 핵보유국으로 인정하겠다고 한다. 미국은 북한이라는 나라를 기정사실화하면서 접근하고 있다. 이전에는 북한의 핵이 문제고, 비핵화를 언제 하느냐가 주된 논의였는데, 북한을 핵보유국으로 인정해버리면 이전에 했던 모든 논의가 사라져버린다. 그리고 핵보유국으로서 국제사회가 어떻게 대처할 것인가에 대한 논의가 시작된다. 세습이 잘못되었다는 것을 논의해야 하는데, 세습을 인정하고 김주애가 정권을 이어받았을 때 어떻게 대처할 것인지를 논의하게 되는 것이다. 이를 막기 위해서라도 우리는 무엇이든 해야 한다. 끊임없이 북한 내부에서 변화가 일어날 수 있는 동력을 찾아야 한다.

북한에서 한국의 드라마나 영화, 한류 콘텐츠는 한 줄기 빛과 같은 존재다. 숨을 쉴 수 있는 공간이다. 이처럼 외부 정보를 어떻게든 북한 주민들에게 전할 방법을 찾아야 한다. 나는 그것이 탈북민의 성공 스토리라고 생각한다. 북한을 벗어나서 자유를 찾기 위해 한국으로 간 사람들이 얼마나 열심히 훌륭하게 잘살고 있는지를 알리는 것이다. 돈을 많이 벌고 부자가 된 것이 아니라 얼마나 인간으로서 명예롭게 살고 있는지, 그런 모습이 북한에 전해졌을 때 커다란 파급력이 되지 않을까. 같은 고향 사람이 자유를 얻어서 행복하게 잘살고 있다는 것이 동기부여가 될 수 있을 것이다.

나 역시 유학할 때 탈북민 선배들의 책을 많이 읽었다. 여러 차례 탈북을 시도하다 2002년 탈북해 동아일보 국제부에 입사한 주성하 기자, 1992년 탈북한 강제 수용소 출신의 언론인 강철환의 책도 읽었다. 아예 연이 없는 사람보다는 평양 출신이 북한을 이야기하는 것은 다르게 와닿는다. 이처럼 외부에서도 충분히 할 수 있는 일이 있다고 확신한다.

나는 북한의 인권 실태를 접할 때마다 독기가 생긴다. 요즘도 나태해졌다고 느낄 때면 〈이만갑〉에 출연했던 영상을 찾아본다. 그 영상을 다시 보면서 당시 내가 어떤 심정으로 눈물을 흘렸는지 떠올려보고, 반드시 북한 문제를 해결해야 한다는 각오를 다진다. 물론 오직 김금혁만이 북한의 상황을 해결할 수 있다고는 믿지 않는다. 하지만 만약 내가 북한 문제를 놓아버리면 이 일을 하는 사람 한 명이 줄어드는 것이고, 그만큼 북한의 민주화 가능성도 줄어들 것이다. 이 분야에서 내가 가진 능력과 재능을 온전히 쏟아붓는다면 꽤 많은 일을 해낼 수 있다고 믿는다.

사선을
넘어온 이들

    1990년대 중반, 북한에서는 인류 역사상 최악의 대기근이자 비극 중 하나로 꼽히는 '고난의 행군'이 있었다. 한국 통계로 최소 50만 명에서 최대 350만 명이 아사餓死했다고 추정한다. 식량 배급이 끊긴 상황에서 아무 대책 없이 당의 배급만 기다리다 수많은 북한 주민이 굶어 죽었다. 이때부터 탈북민이 늘기 시작해 2000년대에는 그 수가 더욱 늘었고, 2013년 연간 1,500명의 북한 주민이 탈북해 최고점을 찍었다.

    이들은 탈북하다 공안에 잡히면 북송될 뿐만 아니라 정치범 수용소에 가거나 사형을 당한다는 것을 알지만, 두만강을 넘고 중국 대륙을 통과하는 등 죽을 고비를 넘기며 한국으로 왔다. 김정은 체제가 들어서고 2016년 모든 탈북 루트를 막으면서 탈북민의 숫자가 감소하기 시작했고, 2019년 연말 코로나 팬데믹이 발생하면서 북한과 중국의 국경이 완벽하게 통제되었고 탈북자 숫자가 급감했다.

2020년 탈북민이 강화도 북단 최전방의 철책 밑을 통과하여 한강 하구를 헤엄쳐서 월북한 사건이 있었다. 우연찮게 그 사람 이름이 나와 같은 김금혁이었다. 나이대도 비슷했다. 그 사건이 일어난 저녁, 지인으로부터 정말 많은 전화를 받았다. 한밤중에 무슨 일인가 했더니, 동명이인의 탈북민이 월북했던 것이다. 이처럼 탈북해도 한국에 제대로 정착하지 못하거나 사고를 쳐서 다시 북으로 돌아가는 예도 있다.

나는 북한이탈주민의 정착에 대한 정부와 정치권의 노력이 소홀했다고는 생각하지 않는다. 한국의 북한이탈주민 지원 정책은 1~2년 사이에 만들어진 것이 아니다. 2005년 8월, 제17대 국회에서 「북한인권법」이 발의된 이후 북한이탈주민의 지원에 대한 법안은 계속 있었다(2016년 공포). 벌써 20년이 넘었다. 북한이탈주민 지원 정책은 탈북민이 생겨난 이후 존재했고, 이들이 남한 사회에 성공적으로 정착할 수 있도록 끊임없이 개선되면서 이어져왔다.

탈북민 숫자가 별로 없을 때는 북한이탈주민 지원 정책에도 허점이 있었고 비현실적인 것도 있었겠지만, 지난 20년의 노하우는 결코 무시할 수 없다. 그동안 많은 탈북민이 북한이탈주민 지원 정책의 혜택을 입었고, 현재 당당하게 한국 사회의 한 구성원으로 살아가고 있다. 나 역시 정책의 수혜로 지금과 같이 지내고 있다.

지원 규모나 디테일에서 아쉬운 점도 있고, 만족하는 부분도 있겠지만, 이를 종합적으로 평가할 수는 없다. 각자가 느끼는 점이 다 다르기 때문이다. 오히려 국가가 모든 것을 일률적으로 통제하는 게 전체주의다. 모두의 입맛에 맞는 정책을 만들 수는 없지만, 한국은 꾸준히 정책에서 미비점을 발견하면 보완하고 개정하며 지금에 이르렀다. 북한이탈주민 지원 정책의 혜택을 입어 더는 지원이 필요 없을 정도로 자생 가능한 사람들도 많다. 물론 모든 사람이 잘되면 좋겠지만, 자본주의 사회에서 낙오되는 사람은 생겨날 수밖에 없다.

한 가지 아쉬운 점은 정보의 부재다. 북한이탈주민 지원 정책이 잘 만들어져 있고, 곳곳에 탈북민이 손만 뻗으면 지원해줄 기관, 시민단체, 독지가 등이 있지만, 정보를 알지 못하면 혜택을 받지 못한다. 나도 한국에서 10년 넘게 살았지만, 임대주택 보증금을 받을 수 있다는 것을 시간이 한참 흐른 후에야 알았다. 정보의 접근성이 좀 더 용이하다면 한국에 부적응하는 탈북민의 숫자도 줄어들지 않을까 생각한다.

탈북민의 한국 내 정착 여부는 정책 이전에 한국인들의 무관심이 더 크게 작용하지 않을까 한다. 내가 탈북했을 당시 탈북민을 바라보던 시선은 지금도 달라진 게 없다. 달라진 것이 없다기보다 탈북민에 대해 사람들이 관심이 없다. 인식의 변화란 인식이 있어야 변화의 여부를 추적할 수 있다. 관심이 없으면 유의미한 인식의 변화를 찾아보기 어렵다.

관심이 없는 것은 사회 구조적인 문제도 있을 것이다. 한국에 있는 조선족은 70만 명이 넘는다. 다문화 가정은 100만 명이 넘는다. 지방 소도시에 가면 초등학교 학생 절반 이상이 다문화 가정이다. 다문화에 대해서 느끼던 거부감과 경계심이 지금은 많이 낮아졌고, 그다지 신기한 현상도 아니다. 당연히 노출 빈도가 높을 수밖에 없고, 노출 빈도가 높다 보면 사회적인 관심도 커질 수밖에 없다.

반면 탈북민은 3만 명 정도다. 조선족이나 다문화 가정에 비해 너무나 작은 커뮤니티다. 개중에는 자신이 탈북자라는 것을 숨기고 사는 사람도 있다. 그만큼 노출 빈도도 낮다. 나를 만나 태어나서 처음 탈북민을 봤다는 사람도 부지기수다. 그렇다 보니 탈북민이라는 소수자 그룹에 대해서 마음의 문을 열지 않는다.

또 한 가지, 북한 혹은 탈북민에 대한 시각이다. 일반 대중에게 탈북민이라는 존재에 대해서 각인되는 이미지가 대부분 일률적이다. 이는 영화나 드라마 등 우리 대중문화가 탈북자들을 소비하는 방식을 보면 알 수 있다. 한국의 대중문화에서 탈북자가 주인공으로 나오는 경우는 별로 없다. 물론 주인공으로 나와야 할 이유도 없지만, 조연으로 등장할 때도 우중충한 톤이 대부분이다.

대부분이 간첩이라든가 북한의 특수부대 출신 혹은 사연 많은 사람으로 소비된다.

영화 〈베를린〉(2012)은 북한의 첩보요원을 다뤘고, 영화 〈용의자〉(2012)에는 공유가 조국에 버림받고 가족까지 잃은 채 남한으로 망명한 최정예 특수요원이라는 사연 많은 탈북민으로 등장한다. 영화 〈은밀하게 위대하게〉(2013)에서 김수현은 북한의 공작 임무를 받고 남한에서 10년 넘게 살고 있는 간첩으로 이를 위장하기 위해 바보처럼 지낸다는 설정이다. 영화 〈공조〉(2016)에서 현빈은 특수 정예부대 출신의 북한 형사지만, 밝은 이미지는 아니다.

이처럼 북한 사람을 그리는 방식에 문제가 있다고 느낄 때가 많다. 물론 그들이 빌런으로 나오는 것은 아니지만, 탈북민들의 사회적 지위를 규정지을 때 문화적 콘텐츠가 그들을 불쌍한 사람, 사연이 많은 사람, 간첩, 어두운 사람으로 프레이밍한다. 나는 이런 사실이 마음에 들지 않는다. 굳이 왜 저런 식으로 표현할까, 라는 생각을 한다. 왜냐하면 나 같은 사람도 많기 때문이다.

한국의 모든 매체를 통틀어서 드라마에서 탈북민의 사회적인 성공 혹은 사회적인 지위에 대해서 유의미하게 논했던 콘텐츠는 드라마 〈지정생존자〉(2019, 리메이크작)라고 생각한다. 하지만 이역시 탈북민의 지위에 대해서 높게 평가해서 그런 역을 만든 것이아니다. 원작인 미국 드라마 〈지정생존자〉에 아랍계 출신 이민자가 백악관 대변인이 되는 과정이 나오는데, 그 과정을 각색하다 보니 탈북민 출신 청와대 행정관, 대변인으로 등장하게 된 것이다.

한국 드라마나 영화에서 조선족은 대부분 조폭, 범죄자 모습으로 그려진다. 70만 조선족 인구 중 범죄자를 비율로 따지면 1퍼센트도 되지 않을 것이다. 그 1퍼센트가 모두를 대변한다. 이것이 언론이나 매체 환경이 가지고 있는 문제라고 본다.

문화 콘텐츠를 제작하는 사람들의 시각은 사회가 투영되는 것이므로 곧 대한민국의 시각이라고 보아도 무방할 것이다. 그런 면에서 탈북민들에 대해서 가장 먼저 시각을 바꿔야 하는 것은 문화계 쪽 사람이 아닐까 한다. 기자는 일어난 사실에 대해서 객관적으로 정보를 전달하는 사람이기 때문에 주관적인 가치 판단이 들어가서는 안 되지만, 드라마 같은 경우에는 결국 제작자의 관점이 100퍼센트 투영된다.

한국의 언론 환경은 상당히 다원적이지만, 배타적이다. 그나마 내가 자문했던 드라마 〈사랑의 불시착〉(2019)에 등장하는 북한군의 중대장인 리정혁은 다른 영화에서와 달리 멋있게 등장한다.

탈북민 숫자가 점차 늘어 3만 명이 넘어가면서 주변에서 탈북민 한두 명을 봤다는 사람들도 생겨나고 있다. 또 탈북민이 예능 프로그램에 나오면서 탈북민이라는 존재가 우리와 함께 살고 있다는 사실이 보편화된 시각으로 자리 잡는 중이다. 하지만 영화와 드라마에서 비춰지는 탈북민에 대한 시각에는 변화가 필요하다.

한국이라는 사회가 탈북민에게 선입견을 가지고 있는 경우도 많지만, 반대로 탈북민이 선입견을 가지고 있는 경우도 많다. 한국 사람들이 나를 탈북민이라고 차별하지 않을까 미리 걱정하는 것이다. 사실 그럴 필요는 없다. 모든 건 맞닥뜨려봐야 아는 것이다. 상대가 나를 차별할 것이라고 마음의 문을 닫아놓고, 탈북민끼리 똘똘 뭉쳐서 커뮤니티화하는 것은 긍정적이지 않다.

탈북민은 소수다. 이방인이다. 스스로 먼저 마음을 열어야 한다. 왜냐하면 이곳에서 살고 있는 사람들은 수천 년 동안 그들의 방식대로 살아왔다. 이방인이 그들의 커뮤니티에 들어와서 그 수천 년 동안 살던 방식을 바꾸라고 얘기하는 건 염치없는 일이다. 왜냐하면 그들은 그 방식이 편하니까 그렇게 살아온 것도 있고, 그 방식대로 살아왔기 때문에 이 정도의 부가가치를 창출했다. 양쪽이 모두 노력할 필요가 있다. 그래도 양비론 말고 누가 좀 더 노력해야 하냐고 묻는다면 나는 49대 51로 이방인이 좀 더 노력해야 한다고 생각한다. 이방인이 소수이기 때문이다.

자신감이 떨어질 수도 있다. 특히 탈북민 대학생들을 보면 1~2학년 때 결과물이 좋지 않다. 나도 좋지 않았다. 김일성종합대학 출신이지만, 1학년 1학기 때 학점은 모두 C+였다. 그렇지만 그 상황에서도 내가 북한에서 왔기 때문에 공부를 못 따라간다고 생각하기보다 C+를 받았으니 이제 올라갈 일밖에 없다고 생각하며 공부를 더 열심히 하려고 했다. 그래서 나는 불만이 없다. 사회가 받아주지 않으면 내가 더 노력하면 된다.

나와 대화를 나눠본 사람들은 내가 서울말을 완벽하게 쓴다며 놀라워한다. 사실 나는 한국에서 태어난 사람과 크게 거리감을 느끼지 않는다. 내 또래와 이야기를 나누다 보면 내가 친구들보다 한국의 1990년대 문화를 더 알고 있어 놀랄 때가 많다. 내가 서울말을 잘하게 된 것도 문화를 더 많이 아는 것도 일종의 노력이다. 이런 노력이 없으면 커뮤니티에 가까워지기는 어렵다.

경색된 남북 관계에 대해서 느끼는 피로감이 탈북민에게 투영되기도 한다. 북한의 도발에 대한 불똥이 탈북민들에게 튀는 경우도 있다. 북한으로 돌아가라는 말을 아무렇지도 않게 한다. 나는 그때마다 한국 사람들의 배려심이 부족한 것이 아닌지 우려스럽다. 독재 체제가 싫어서 죽기를 각오하고 넘어온 사람들에 대해서 한국 사회가 좀 더 아량을 베풀 수 있지 않을까.

결론적으로 노출이 지속적으로 이루어져 이야기를 들어야 그 사람들이 어떻게 살아왔고, 어떻게 살고 싶어 하는지를 알 수 있다. 대한민국 커뮤니티와 탈북민 커뮤니티 사이에 반복적인 접촉이 있어야 경계심도 풀어질 것이다.

한국에 정착 후 오랜만에 하나원에 갈 기회가 있었다. 탈북민한 분이 퇴소해서 임대주택으로 이사 가는 모습을 보았다. 그동안나는 탈북민이 한국에 정착하는 과정에 대해 한 번도 깊이 생각해본 적이 없다. 그런데 그 모습을 보고 있자니 앞으로 헤쳐나가야 할 험난한 길에 누군가 버팀목이 될 수 있는 존재가 있으면 좋겠다고 생각했다. 대한민국이라는 나라에서 첫출발하는 길이 나처럼 외롭지 않도록.

통일을
생각하다

2023년 12월, 북한은 한국과 더는 같은 민족이 아니라며 '적대적 두 국가론'을 선언했다. 김정은은 "남북 관계가 더 이상 동족·동질 관계가 아닌 적대적 두 국가, 전쟁 중에 있는 두 교전국 관계로 완전히 고착됐다"라고 규정했으며, 2024년 1월에는 북한 헌법에 '영토 조항'을 신설했다. 헌법에 명시한 통일·화해·동족이라는 개념 자체를 완전히 제거하라고 명령한 것이다.

나는 이런 상황이 도저히 이해되지 않는다. 우리는 같은 민족이다. 두 국가론을 주장한다고 해서 갑자기 북한 사람과 남한 사람이 다른 종족으로 바뀌는 것도 아니다. 남과 북은 김정은이 갈라놓고 싶다고 해서 갈라놓을 수 있는 민족이 아니다. 역사란 한 개인이 오늘부터 이 역사는 우리 것이 아니라고 선언한다고 해서 바뀌는 물건이 아니다. 나는 김정은에게 묻고 싶다. 이순신 장군은 누구의 역사인가? 강감찬 장군은 누구의 역사인가? 북한 청년은 내일부터 말갈족의 역사를 배워야 하는가? 말이 되지 않는다. 북한에서도 이순신, 강감찬은 민족의 영웅이다. 이를 부정해서 어떻게 하겠다는 것인가. 나는 이것은 정말 잘못된 선택이라고 본다.

나는 통일론자이다. 내가 통일에 대해 생각하면 가장 먼저 떠오르는 것은 북한 사람이다. 나 자신이 북한 출신이기 때문에 어쩔 수 없다.

북한은 누가 봐도 정상적이지 않다. 비인도적이다. 나는 북한 사람들이 개인의 선택이 아니라 태어나보니 그런 말도 안 되는 세상에서 살고 있다는 것이 상당히 불합리하고 불공평하다고 생각한다. 북한 사람들은 태어나서 죽을 때까지 자유와 인권이 무엇인지 모른 채 살아간다. 그들도 불행한 운명에서 벗어나 자유세계, 자유민주주의 체제하의 사람들이 느끼는 자유와 평화, 평온 그리고 기회가 주어졌으면 한다. 그것이 내가 생각하는 통일의 시발점이다. 따라서 통일은 자유민주주의 체제하에서 이루어질 때 북한 사람들도 인간답게 살 수 있는 길을 마련할 수 있는 유일한 방법이라고 생각한다.

많은 반론이 있다. 통일에 대해 접근하는 개념은 남북이 다를 수 있고, 통일에 대해 정의 내리기 어려우므로 당연한 일이라고 생각한다. 기본적으로 우리도 먹고살기 바쁜데 왜 북한 인권까지 챙겨야 하느냐는 주장이 가장 많다. 북한 사람들이 안타깝지만, 그렇다고 해서 내 세금이 통일, 북한에 사용되는 것을 원하지 않는 다는 생각이 저변에 폭넓게 깔려 있다.

남과 북의 체제를 인정하면서 자유로이 왕래하는 식의 통일을 이야기하는 경우도 있다. 만약 이런 관계에서는 과연 누가 이득을 보는 것일까? 북한 주민이 이득을 보느냐, 북한 당국이 이득을 보느냐의 문제다. 남과 북의 관계가 한시적으로 풀렸던 적도 있다. 북한 평양시에서 열린 남북정상회담 당시 김대중 대통령과 김정일이 만나 6·15 남북공동선언을 했다. 당시 금강산 관광 길이 열리고, 개성공단이 만들어지면서 통일이 되는 것 아니냐는 분위기가 생겨나기도 했다. 하지만 이로 인해 북한 주민에게 이익이 돌아갔는지, 인권 문제가 해결되었는지를 살펴보면 전혀 그렇지 않다. 근본적인 문제가 해결되지 않는 상태에서 그저 충돌을 피하고자 평화롭게 지내는 통일은 북한의 말도 안 되는 체제를 더욱 강화시켜주는 방향으로 흘러갔을 뿐, 체제 내에서 살고 있는 사람들은 그 어떤 이득도 보지 못했다는 것이 지난 수십 년 동안 입증되어왔다.

나는 김대중 대통령과 노무현 대통령이 선의의 선택을 했다고 믿는다. 하지만 그 방법은 실패했고, 실패한 방법을 답습할 필요는 없다고 생각한다. 문제가 무엇인지 돌이켜 봤을 때 항상 걸림돌은 북한 체제였다. 김대중 대통령은 북한이 개혁 개방을 하고남한과 잘 지내면 북한도 살길이 열릴 것이라며 접근했다. 노무현 대통령이 김정일을 만났을 때도 선의였을 것이다. 그러나 남한이 선의를 가지고 진실한 마음으로 접근했을 때도 북한은 그것을 무시했다. 북한이 1차 핵실험을 한 것은 노무현 정부 시절인 2006년 10월이었다. 노무현 정부가 북한과 잘 지내자며 진심 어린 제스처를 보냈을 때 가장 아프게 뒤통수를 친 것이다.

북한, 특히 김씨 체제는 대한민국이 어떤 입장과 태도를 가지고 나오든지 간에 남한을 바라보는 기본적인 시각은 변하지 않을 것이다. 북한에게 남한은 적화통일을 해야 하는 대상이다. 만약 적화통일이 불가능하더라도 결코 북한 체제가 대한민국의 자유민주주의 체제로 넘어가면 안 된다는 절박감을 가지고 있다. 자유민주주의 체제가 북한으로 들어가는 순간 사람들은 인권에 대해서 눈을 뜨게 될 것이고, 본인들이 그동안 받아온 가혹한 인권 침해에 대해 문제 제기와 피해 보상을 요구할 것이기 때문이다. 이는 북한 체제의 붕괴와 마찬가지이기 때문에 그들은 결코 그것을 감당할 수 없다. 따라서 자유민주주의를 추구하는 대한민국의 존재는 북한에게 항상 적일 수밖에 없다.

북한은 항상 말한다. 자유롭게 왕래하고, 교류하고, 이산가족을 만나자고. 드러난 현상만 봐서는 매우 높게 평가할 수 있다. 하지만 그 이면에 깔려 있는 담론은 결코 그 어떤 것도 변하지 않았다. 남북의 적대적인 감정은 해소되지 않았다. 남한도 해소하지 않았고, 북한도 해소하지 않았다. 앞으로도 북한은 결코 그 감정을 해소하지 않을 것이다. 만약 북한이 적대적 감정을 해소할 의지가 있었다면 애초에 핵무기를 개발하지도 않았을 것이다.

지금 북한은 김주애 체제인 4대 세습으로 넘어가려고 하고 있다. 4대 세습은 근대에 들어서는 있지도 않고, 일어나서도 안 되는 일이다. 4대 세습으로 이어지는 동안 김씨 정권이 보여준 의지는 북한 주민들에 대한 통제를 놓지 않겠다, 독재를 철회하지 않겠다는 것이다. 그렇게 비상식적인 인간들과 한국이 어떻게 상식적인 대화를 할 수 있을까. 과거의 실패를 딛고 그들과 어떻게 신뢰를 쌓을 수 있을까에 대해 나는 늘 고민한다.

내가 내린 결론은 통일에는 전제 조건이 갖춰져야 한다는 것이다. 전제 조건을 언급하지 않고 통일을 얘기하는 것은 매우 불합리하다. 예를 들어 강 건너에 아주 맛있어 보이는 수박이 있다. 수박을 보면 너무 먹고 싶다. 그 수박을 먹기 위해서는 강을 건너야 한다. 그런데 사람들은 강을 건너는 방법에 대해서는 생각하지 않고, 수박을 어떻게 맛있게 먹을지에 대해서만 생각한다. 강을 건너야 수박을 먹을 수 있다.

통일로 가기 위한 전제 조건을 해결하는 것이 우선이다. 그 전제 조건에 대해서 우리가 모두 솔직하게 들여다볼 필요가 있다. 과연 우리가 북한 체제를 어떻게 바라볼 것인지, 북한 체제를 어떻게 정의 내릴 것인지, 그리고 그들을 어떻게 상대할 것인가에 대해서 정치계의 일방적인 주장이 아니라 대국민적 합의가 필요하다. 우리가 북한과 잘 지내보기도 했고, 관계가 나쁜 적도 있었다. 이처럼 여러 경험을 모두 테이블 위에 올려놓고 무엇이 문제였는지, 어떻게 나아갈 것인지 합의점을 찾아낸 다음에 통일을 논의해야 한다고 생각한다.

통일에 대해 논할 때 먼저 이야기해야 하는 것은 어떤 북한과 마주 앉아서 대화할 것인가이다. 그래서 통일에 대한 개념을 정하는 것이 중요하다. 현재 자유민주주의 체제와 매우 상반되는 이념, 즉 대한민국을 주적으로 규정하고 있는 김정은 독재 체제에서 남북이 마주 앉아서 통일을 얘기하는 것은 너무나 비현실적이다. 그들과 통일을 어떻게 할 수 있을지 방법론적인 문제에서도 상당히 많은 이견이 있다. 핵무기를 만드는 북한에 왜 퍼주냐는 식의 정치적인 이슈들이다.

한국은 국민 세금을 투입해서 통일해야 하므로 당연히 이를 논의해야 한다. 통일에 대해 논의하지 않는 것은 비겁한 일이다. 그런데 통일과 관련한 논의는 분명히 인기가 없을 것이고, 자칫하면 비난의 대상이 될 수도 있다. 그 비난과 비판을 받기가 싫어서 정치인 모두가 그 문제를 언급하지 않고 넘어가는 것은 나라의 미래에 있어서 매우 중요한 부분을 누락시키는 것이다.

통일은 남과 북이 정상적인 대화가 가능한 상태에서 점진적으로 이루어나가야 한다. 북한이 지금 우리가 상대하고 있는 말도 안 되는 체제가 아니라 한국과 상식적인 대화를 할 수 있고 어느 정도 신뢰가 담보되는 합리적인 존재로 재탄생한다면 그때 가서는 우리가 통일을 논의할 수 있을 것이다. 그렇게 되면 통일에 대해 반대 여론을 펴는 사람들의 논리도 깨트릴 수 있을 것이다. 즉, 북한 스스로 변해서 어느 정도 개혁·개방하고, 남한과 상식적인 대화를 주고받을 수 있는 수준의 상태가 된다면 그때 발생하는 통일 비용과 위험은 지금의 김정은 체제하에 비해 훨씬 더 낮아질 것이다.

한국의 통일론도 시대에 맞게 바뀔 필요가 있다. 앞으로 통일의 당사자가 될 수 있는 MZ세대의 요구 사항에 맞게, 기본적인 조건들이 바뀔 필요가 있다. 현재 한국 정부가 채택하고 있는 통일방안은 '민족공동체통일방안'이다. '민족공동체통일방안'은 1989년 9월 11일 노태우 정부 시기에 발표된 '한민족공동체통일방안'을 계승하여 조금씩 보완 발전시킨 것으로 30년이 지난 지금까지 사용하고 있다.

노태우 정부 시절과 지금 세상은 판이하다. 당시에는 김일성 시대였고, 북한의 핵무기도 없었다. 당시 만들어진 한민족공동체통일방안은 현시대의 요구 조건을 전혀 반영하지 못한다. 이제는 새로운 통일 담론이 필요한 시점이다. 새로운 통일 담론을 논의하는 데 있어 가장 중요한 것은 MZ세대를 논의의 장에 참여시키는 것이다. 자신들의 삶에 있어 통일이 중요한 문제라고 느낀다면 관심이 생기지 않을까.

내가 지속적으로 통일에 대해 논의해야 한다고 주장하는 이유는 북한 체제가 오래 가지 못할 것이라고 생각하기 때문이다. 북한이라는 체제가 무너졌을 때 발생할 수 있는 여러 가지 시나리오 중 가장 큰 가능성은 중국의 개입이다. 북한이 무너졌을 때 중국이 가장 우려하는 것은 400km가 넘는 북중 국경을 따라서 유입하는 대량의 난민이다.

중국은 북한 체제가 무너졌을 때 난민 유입을 차단하기 위해 선제적으로 군대를 투입해서 그 지대를 장악하려는 계획을 가지고 있다. 이때 한국이 중국을 향해 너희는 개입하지 말아라. 북한은 우리 영토고, 우리의 관할 대상이라고 주장하기 위해서는 우리가 계속해서 통일에 대해 논의해야 한다. 그래야 정당성이 생긴다. 만약 북한이 주장하는 것처럼 앞으로 남북이 남남으로 살자고 선언해버리면 중국과 한국은 북한을 두고 동등한 입장이 된다. 즉, 중국도 남이고 한국도 남이면 중국도 북한에 들어갈 명분이 생긴다. 이때 한국이 어떻게 중국을 막을 수 있겠는가.

한국이 북한에 대한 권리를 주장하기 위해서는 일관되게 관계를 유지해야 한다. 한반도의 주도권을 한국이 장악하기 위해서는 현재 상황이 우리 마음에 들든 들지 않든, 통일이 가능해 보이든 보이지 않든 간에 끊임없이 통일에 대해 논의할 필요가 있다. 먼저 북한 체제에 대해서 우리가 어떻게 정의 내리고, 어떻게 그들을 상대하고, 체제에 대해서 어떤 입장을 취할지에 대한 합의가 필요하다.

이제 더 이상 '통일은 해야 한다'는 당위론적인 말만 해서는 안 된다. 각자의 정치 성향이나 종교를 떠나 통일에 관심이 있는 사람 모두가 참여하는 토론의 과정이 반드시 필요하다. 이 과정에 나의 역할이 분명히 있을 것이고, 누구의 의견이 맞는지는 국민이 판단해줄 것이다.

내가 해야 할 일,
내가 가야 할 길

내게는 빚이 있다. 다른 탈북민과 똑같이 북한을 벗어났지만, 어쨌든 나는 선택권이 있는 유리한 환경의 상류층이었다. 내 인생을 바꿀 수 있는 선택을 스스로 할 기회가 있었다는 것만으로도 나는 행운아였다. 이는 그 어떤 것과도 비교할 수 없는 기회였다. 내 선택에 따라 그토록 바라던 자유를 얻을 수 있었다.

과거에도 그랬고, 현재도 그렇고 내가 하는 모든 행동의 중심에는 북한이 있다. 나는 북한이 지금보다 나은 세상이었으면 좋겠다. 북한이라는 영토 안에서 살고 있는 약 2,600만의 사람들, 그들 모두가 내가 느끼고 있는 자유 시민으로서의 삶을 만끽했으면 한다. 이제 나는 한 아이의 아빠가 되었다. 자유로운 세상에서 아들을 만났다는 이 행복감을 그들도 똑같이 경험했으면 좋겠다. 이것이 내가 힘을 내게 하는 가장 강력한 동기부여가 된다.

물론 2,600만 북한 주민이 모두 잘살 수는 없을 것이다. 그들 모두가 부자가 되면 너무나 좋겠지만, 그것은 유토피아에서나 가능한 일이다. 그렇지만 적어도 그들에게 자유를 누릴 수 있는 공정한 기회가 주어지고, 인권이 보장되어 최소한 인간답게 살 수 있는 조건이 갖추어졌으면 한다. 기회가 주어졌을 때 그 기회를 어떻게 살릴지는 본인들의 몫이다. 지금의 북한은 그 기회마저 강탈당한 상태다. 완벽한 세상, 완벽한 제도는 없지만, 최소한 자유민주주의는 북한의 독재 체제보다는 훨씬 나은 세상이다.

나 혼자 잘사는 것은 내게 그리 중요한 일이 아니다. 나는 충분히 잘살아봤다. 재벌에 비하면 아무것도 아니겠지만, 충분히 좋은 환경에서 태어나 다른 사람은 누릴 수 없는 기회를 얻었고, 많은 돈도 써봤고, 좋은 음식을 먹고 좋은 옷도 입어봤고, 누릴 수 있는 것은 모두 누려보았다. 그래서인지 혼자만 행복해지고자 하는 것은 행동의 동기가 되지 않는다. 그보다는 다른 사람, 특히 지금까지 그런 기회가 없었던 사람들에게 기회를 만들어주고 싶다는 생각, 모두가 잘살 수 있는 세상이 왔으면 좋겠다는 생각은 언제나 변하지 않고 있다.

나는 단 한 번도 나의 결정을 후회한 적이 없다. 최상류층에서 바닥으로 떨어졌을 때 나는 오히려 홀가분했다. 더 내려갈 곳이 없었다. 그렇다면 이제 올라갈 일만 남았다고 생각했다. 내 나이가 스물한 살이라는 사실도 너무나 다행이라고 생각했다. 어릴 때 왔으니 그만큼 내게 배울 수 있는 시간은 충분했다.

자신감도 있다. 지금까지도 어딜 가든 멍청하다는 말을 들은 적이 없었으니까. 나 자신을 믿고 근성을 가지고 하다 보면 어떻게라도 될 것이라고 생각한다. 물론 울고, 자괴감에 빠지고, 혼란스러웠던 적이 없었던 것은 아니다. 하지만 항상 그것을 극복할 수 있었던 것은 다음 날 아침 눈을 떴을 때 내게 무언가 할 일이 있다는 점이었다.

나에게 정치는 하나의 수단이지 궁극적인 목표는 아니다. 정치를 통해서 얻고자 하는 것은 자리가 아니라 세상이다. 내가 원하는 세상을 정치라는 수단을 활용해서 만들어내길 원한다. 그것이 내가 정치를 하고자 하는 이유다. 그래서 나는 자리에 연연하지 않는다. 나는 북한의 2,600만 주민이 제대로 된 자유와 민주주의를 경험하는 그날까지 정치를 할 것이다. 내가 이렇게 말하면 "그럼 북한에 가서 정치를 해야지, 왜 여기서 정치를 하느냐"고 반문하는 사람이 있다.

북한은 남이 아니다. 우리에게 불편한 이웃이고, 어떤 때는 증오스럽기까지 하지만, 그렇다고 그들이 우리와 전혀 상관없는 남은 아니다. 40년 넘게 외교관으로 지낸 오준 대사는 유엔 연설에서 "북한은 anybody가 아니다"라고 했다.

북한의 자유와 민주주의를 위해서 한국이 할 수 있는 역할은 크다. 남한과 북한이 이야기하는 이순신, 이성계, 정조, 세종대왕

이 다른 사람이 아니다. 남북이 모두 같은 이순신, 이성계, 정조, 세종대왕에 대한 기억을 가지고 있다. 우리는 한민족이다. 한민족이 반으로 갈라져 있다는 것은 우리 모두의 책임이다. 한국도 분명히 책임이 있다.

나는 북한의 열악한 상황을 해결하기 위해 한국이 가진 역량을 아주 조금이라도 투자해서 도와주어야 한다고 생각한다. 물론 한민족이기 때문에 무조건 도와야 한다는 것은 아니다. 하지만 북한의 위협에 항시 노출되어 있는 한, 대한민국의 미래는 불안과 부담을 지닐 수밖에 없다. 궁극적으로 북한의 문제를 해결하는 것이야말로 대한민국의 정치가 해야 하는 일이고, 그 어딘가쯤에 내 역할도 있다고 믿는다.

한국이 동독이나 서독처럼 갑자기 통일되는 일은 없을 것이다. 그래서 준비가 필요하다. 나와 같은 배경을 가진 사람이 많아지고, 그런 사람이 정치를 하다 보면 기존에는 없던 시각이나 목소리가 정치권에 생기지 않을까 기대한다. 현재 북한을 바라보는 시각은 연령대에 따라 다를 뿐만 아니라 심지어 서로를 혐오한다. 하지만 이런 혐오의 시대가 지나고, 2030세대가 주역이 되면 대화를 할 수 있고, 합의된 결과를 도출할 것이라는 확신이 있다. 그래서 나는 북한 문제는 시간이 해결해줄 것이라고 믿고 있다. 다양한 배경을 가지고, 민주주의에 대한 고도의 성숙도를 가진 젊은 세대가 등장하면 한국의 정치는 무조건 바뀔 것이라고 믿는다. 나는 그 때를 기다리며 내가 해야 할 일을 하는 중이다.

    과거 한국의 일제강점기 시절, 김구 선생이나 이승만 박사 등은 외교전을 통해 강제 병합으로 인해 일본의 지배를 받던 한국의 상황을 국제적으로 알렸다. 한국이라는 나라가 독립하게 되면 일본보다 훨씬 중요한 나라가 될 것이며, 그들에게 자유가 주어진다면 한국은 분명히 부활할 것이라는 신념과 확신을 꾸준히 세계에 알린 것이다. 카이로에 모였던 미국·영국·중화민국의 3개 연합국 중 영국은 한국이라는 작은 나라에 대해 일말의 관심도 없었다. 그저 일본의 식민지로만 여겼다. 그러나 미국의 루스벨트 대통령은 한국에 독립 국가 자격을 부여해야 한다고 강력하게 주장함으로써 우리나라가 독립 국가로 보장받을 수 있었다. 이는 한국이 일본의 속국이 아님을 미국 정부에 계속 알리고, 한국이 독립한다면 미국에 충분히 이로운 나라가 될 것임을 지속해서 강조해왔기에 가능한 일이었다.

    나는 북한의 상황도 과거 일제강점기 시절의 한국과 같다고 본다. 현재 남한 사람들은 북한에 대한 관심을 계속 잃어가고 있다. 대한민국의 젊은이들은 북한을 그냥 내버려두라고 이야기한다. 북한도 마찬가지다. 한국과 완전히 떨어져 섬처럼 살겠다고 한다. 이렇게 되면 정말 답이 없다. 북한을 둘러싼 모든 나라가 북한은 답이 없다. 가망이 없다며 포기하고, 북한도 그냥 자기들끼리

살게 내버려두라고 하는 것이야말로 가장 암담한 상황이다.

그래서 나 같은 사람이 꾸준히 북한에 정보를 들여보내려고 노력하고 있고, 해외에서 연설하거나 행사에 갈 때 북한의 민주주의에 대해서 희망을 잃지 말라는 메시지를 전한다. 김구 선생이나 이승만 박사가 과거에 그러했듯이 북한이 변할 수 있다는 생각을 북한 사람들뿐만이 아니라 다른 나라들도 하게 만드는 게 중요하기 때문이다. 국제사회의 연대를 강화시키기 위해서라도 북한 출신의 누군가가 밖에서 지속적으로 목소리를 내야 한다.

나는 북한 출신이지만 자유를 얻었기 때문에 나만의 목소리를 낼 수 있다. 만약 북한 사람들에게 자유가 주어진다면 나보다 10배, 100배 더 뛰어난 활약을 할 것이다. 이런 것들을 입증하기 위해 나는 정말 많은 노력을 하고 있다. 어느 행사, 어느 자리에 가든 좋은 모습을 보여주기 위해 노력한다. 음주운전도 하지 않고, 법을 지키고자 노력하고, 웬만하면 구설에 휘말리지 않고 최대한 정도를 걸으며 살고자 애쓴다. 내가 실수하면 나에 대한 실망이 북한에 투영이 될 것이라는 생각 때문이다. 이런 행동 하나하나가 희망을 이어나가는 연결고리가 될 것으로 기대한다.

잘못된 생각일 수 있지만, 나는 성공에 대한 압박감이 있다. 성공을 거두지 못하고 평범하게 살면 결국은 탈북민 커뮤니티가 주목을 받지 못할 것이라는 생각 때문이다. 탈북민 커뮤니티가 주목을 받고 사회적인 인식을 개선하기 위해서는 탈북민 중에서 성공한 사람들이 많아져야 한다. 그래야 북한과 탈북민에 대한 사회적 인식이 변화한다.

해외에 가면 다들 어디서 왔냐고 묻는다. 그때마다 나는 '한국'에서 왔다고 말한다. 이 말을 하면서도 그렇게 뿌듯할 수가 없다. 물론 이런 말을 하면 누군가는 대한민국의 발전에는 기여한 것이 아무것도 없으면서 그 혜택만 누리려고 한다고 비판할 수 있다. 틀린 말도 아니다. 한국이 지금 이 자리에 오기까지 많은 선배 세대들이 피와 땀을 흘렸고, 민주화 과정에서도 많은 분이 희생당했다. 그 과정을 거쳐 여기에 오기까지 탈북민이 기여한 것은 없다. 그러나 내가 북한 사람으로서 산 날보다 앞으로 대한민국 국민으로서 살아갈 날이 더 많기 때문에 나는 자신 있게 말할 수 있다. 우리가 더 나은 대한민국, 더 큰 대한민국을 만들 수 있는 길, 그 길에 분명 내가 할 수 있는 일이 여러 가지 있을 것이라고 말이다.

지금도 여전히 북한이 많이 그립다. 특히 명절 때면 고향이 더 그리워 평양을 관광한 외국 유튜브나 기사를 찾아보기도 한다. 그런 것을 보면서 평양도 많이 바뀌었다는 것을 간접적으로 체험했다. 그것을 찾아보는 이유는 나의 정체성을 잃지 않기 위해서다.

사람은 살다보면 개인의 이익을 쫓게 된다. 나도 예외는 아니다. 하지만 나에게는 나를 한 번씩 되돌아보게 되는 시점이 꼭 있다. 북한에서 살았던 삶을 기억해보고 북한 사람들은 지금 어떻게 살고 있는지를 돌아보게 된다. 그런 것들을 보면서 내가 지금 하고자 하는 일, 가고자 하는 길이 결국은 나 자신만의 행복과 성공을 쫓기보다는 북한 주민의 자유와 해방이라는 것이 반드시 큰 테두리 안에 포함이 되어 있어야 한다고 다짐한다.

　나는 매번 목표를 설정하고, 그 목표를 향해 질주했다. 그리고 그 목표를 위해 사는 순간마다 기쁨의 순간들이 있었다. 지금까지 그래왔던 것처럼 나는 앞으로도 나의 길, 나의 목표를 향해 김금혁으로 살아갈 것이다.

마치며

    2012년 3월, 한국 땅을 밟은 후 13년이란 세월이 지났다. 자유를 선택한 대가로 베이징의 골목 골목을 숨어다니던 20대의 김금혁은 이제 없다. 치열한 사투, 녹록지 않았던 한국의 정착 과정을 지나, 뾰족하고 거칠었던 김금혁에게도 이제는 소중한 것들이 생겼다. 사랑하는 아내와 아들, 가족이 생기며 안정감과 일상의 소중함을 얻었고, 내가 아닌 누군가를 포용할 수 있는 여력도 생겼다. 나의 의지대로 선택하고 행동할 수 있을 만큼 성장했다.

    그렇다고 해서 모든 위협에서 벗어난 것은 아니다. 북한에 대해 비판하는 나의 일련의 활동으로 인해 내가 위험하지 않은지, 북한의 위협은 없는지 묻는 사람들도 있다. 질문에 대한 답은 'Yes'와 'No'의 중간쯤이다. 오래전, '조국을 배신한 배신자, 끝이 온전치 못하리라'라는 협박 메일을 받은 적이 있다. 국정원에 신고를 넣었는데, 발신지가 중국이라고 했다.

그렇지만 나는 이런 협박이 전혀 두렵지 않다. 북한이 나를 해칠 능력이 없다는 것을 알고 있기 때문이다. 북한은 체제에 위협이 되는 사람들에 대해서 처단을 시도하기는 하지만, 일반적인 탈북민에게까지 손을 뻗치지 않는다. 가난한 북한은 일반 탈북민까지 위협할 수준으로 여유로운 나라가 아니다. 만약 북한이 내게 물리적 위협을 가한다면 그건 내 목소리를 더욱 크게 하는 일이 될 것이다. 물론 북한 체제의 허상을 비판하고, 북한 국민들의 인권을 외치는 내가 반갑지는 않을 것이다. 하지만 내 목소리가 체제에 위협이 되어 북한이 나의 목숨을 위협하는 때가 온다면, 난 더욱 선명한 목소리를 내면 될 것이다.

김씨 일가에 관해 폭로하고 처단을 당한 '이한영'을 기억한다. 이한영은 1982년 러시아 유학 중이던 시기에 22세의 나이로 스위스 제네바에서 우연한 기회를 통해 대한민국으로 망명한 김정일의 처조카이다. 그는 황장엽과 더불어 북한의 역대 최고위급 귀순자 중 한 명인데, 수없는 암살 기도에도 국정원 안가에서 심장마비로 비교적 평온히 여생을 마친 황장엽과 달리 이한영의 마지막은 그렇지 못했다. 이한영은 북한 정권의 실상을 적나라하게 들춰내고 김씨 일가가 얼마나 위선적이고 사치를 하는지에 관해 자세히 폭로한《김정일 로열 패밀리》라는 책을 썼다. 1997년 2월의 밤, 이한영은 대학 선배의 집인 분당의 한 아파트 입구에서 괴한이 쏜

권총에 머리와 가슴을 맞고 살해되었다. 그의 몸에 날아든 총알을 생각하면 나의 평온한 일상에도 늘 촉각이 곤두선다. 그가 짊어진 무게를 내가 다 알 수는 없겠지만, 체제에 맞서 자유를 외치는 이의 숙명을 공유하며 일부를 나누어지리라 다짐한다.

탈북자 김금혁이 정치를 꿈꾸는 것도 이러한 이유에서다. 북한이 직면한 문제는 반드시 해결되어야 한다. 지금의 세대가 해결하지 못한다면 다음의 세대로 그 짐을 넘겨주는 것과 다름없다. 잔혹한 현실을 살아가는 이들의 현재를 외면할 수 없다. 이는 통일에 대한 성찰로 이어진다.

지금의 2030세대는 통일에 대해서 부정적이고 비관적이다. 나처럼 남과 북을 모두 경험한 청년들이, 2030세대의 눈높이에 맞추어 통일 정책과 담론에 고민을 보태야 한다고 생각한다. 나는 내가 찾은 '자유'를 거기에 사용하려 한다. 내가 자유를 통해 고통에서 벗어났듯이, 아직도 북한이라는 지옥에서 하루하루 고통을 맞이하고 있는 이들을 자유롭게 하는 것이 나의 역할이고 하나님이 주신 내 삶의 미션이 아닐까 하고 말이다.

현재 나는 유학을 준비하고 있다. 2026년 봄이 되면 미국으로 떠나 석사와 박사 학위를 딴 후 한국으로 돌아올 계획이다. 짧게는 6~7년, 길게는 10년이 걸릴지도 모른다. 낯선 땅에서의 새로운 도전이지만 내가 말하고자 하는 '자유의 담론'을 위해 반드시 필요한 과정이다. 그곳에서 얼마나 많은 것이 날 기다리고 있을지 모르지만, 단단하게 여물고 성장한 김금혁이 한국으로 돌아올 즈음에는 더 멋진 목소리를 낼 수 있으리라 굳게 믿는다.

한국 땅을 밟던 때 내가 스물은 갓 넘긴 나이라 다행이라 생각했다. 건강한 신체가 있고, 무엇이든 금세 배울 수 있는 젊음이 있으니 의지만 있다면 무엇이든 충분히 해낼 수 있을 것으로 생각했다. 서른이 넘은 지금의 김금혁도 똑같다. 정치권에서의 이른 실패가 있어 지금의 결정을 내릴 수 있었고, 내가 겪을 다양한 경험이 더 나은 미래로 나를 이끌 것이다.

미국에서도 유튜브 〈시사탱크〉는 계속될 것이다. 북한 인권을 위한 활동도 멈추지 않을 계획이다. 몸은 미국에 있을지라도, 탈북민 김금혁이 새로운 고향 '한국'과 멀어질 일은 없다. 단절되지 않은 21세기의 세상. 모든 것은 이어져 있고, 서로를 향해 열려 있다. 단 한 곳, 북한을 제외하고. 그것이 여전히 나를 아프게 만들고 무거운 책임감을 느끼게 한다.

북한이 더 나아지기를 바라는 스무 살 김금혁의 소망은 지금도 변함없다. 북한 사람들이 행복해지길 바랄 뿐이다. 그들에게 진정한 자유를 전해줄 때까지, 자유를 향한 나의 잰걸음을 결코 멈출 수 없다.

자유는 공짜가 아니다

초판 1쇄 발행 2025년 5월 30일

지은이 김금혁

주간 이동은
편집 김주현
미술 임현아 김숙희
마케팅 장기석 성스레
제작 전우석 박장혁

발행처 북커스
발행인 정의선
마케팅 이사 사공성
이사 전수현

출판등록 2018년 5월 16일 제406-2018-000054호
주소 서울시 종로구 평창30길 10
전화 02-394-5981~2(편집) 031-955-6980(마케팅)
팩스 031-955-6988

ISBN 979-11-90118-90-3 (03810)

- 값은 뒤표지에 있습니다.
- 파본이나 잘못된 책은 구입하신 서점에서 교환해 드립니다.